爱的力量

王小兰 ／ 著

北方文艺出版社

哈尔滨

图书在版编目（CIP）数据

爱的力量 / 王小兰著. -- 哈尔滨：北方文艺出版
社, 2024. 7. -- ISBN 978-7-5317-6280-5

Ⅰ . I267

中国国家版本馆CIP数据核字第 2024G1K044 号

爱的力量
AI DE LILIANG

作　者 / 王小兰

责任编辑 / 富翔强　　　　　　　　　　封面设计 / 邓小林

出版发行 / 北方文艺出版社　　　　　　邮　编 / 150008
发行电话 / （0451）86825533　　　　　经　销 / 新华书店
地　址 / 哈尔滨市南岗区宣庆小区 1 号楼　网　址 / www.bfwy.com

印　刷 / 三河市同力彩印有限公司　　　开　本 / 710毫米 × 1000毫米　　1/16
字　数 / 100 千　　　　　　　　　　　印　张 / 15
版　次 / 2024 年 7 月第 1 版　　　　　印　次 / 2024 年 7 月第 1 次印刷

书　号 / ISBN 978-7-5317-6280-5　　　定　价 / 88.00 元

作者简介

王小兰，中国散文学会会员、《大众周刊C位》副主编、中国科学院高级心理咨询师、心理学创富导师、资深保险从业人员。

1991年出生在福建农村的贫困山区里，自幼体弱多病，几经生死，三岁时脸部、头部和双手被开水严重烫伤，虽然捡回了一条命，但头部和手部留下了大面积伤疤，从此成了别人眼中的"异类"，她的命运注定与众不同。

年仅三十来岁的她经历可不少，当过留守儿童，遭受过校园霸凌，曾是个抽烟喝酒谈恋爱的"小太妹"，参加过两次高考。考上一所普通大学之后，开始在大学里追梦。当操盘手炒股、参加职业技能比赛、创业做酒吧、做国学亲子教育的志愿者、独自出国去新加坡见网友等。

大学毕业后到世界500强的央企中国人寿工作，加入保险行业后从一线销售人员到高级讲师，现今已从业9年，成为资深保险人。大学毕业三年，完成结婚、生子、买房三件人生大事，而后遭遇人生低谷确诊抑郁症。为了走出抑郁状态，开始系统性学习心理学，实现自救。随后考取中国科学院的心理咨询师，正式成为一名心理咨询师和心理学创富导师，成为这个世界的点灯人。至今已完成上百个心理咨询个案。她在做心理咨询的过程中不断实现自我价值，也帮助他人在黑暗中找到属于自己的那束光。

为了把所学的知识传播出去，她决定出书。她的文章真实诚恳、动人心魄。写作一年多以来,已有几十篇文章在各大报纸和杂志上发表,文章常见于《中国电视报》《中国水运报》《青年文学家》《钱塘江文化》《幼儿教育》等。

作品简介

　　《爱的力量》是作者根据个人成长经历创作的一本书，这是寻找爱、遇见爱、成为爱、传播爱的真实记录。全书分为五个部分——见自己、见他人、见天地、见众生、梦想之船，扬帆起航。作者通过朴实无华的文字，讲述了一个贫困山区的农村女子的成长故事。

　　见自己板块作者分享那些改变命运的里程碑事件；见他人部分会讲述成长中遇见的重要的人的故事，他们来自各行各业，通过不同视角分享不一样的故事；见天地则是分享作者践行"行万里路"过程中亲眼所见的大千世界和她的所思所想；见众生则会拆解作者在做心理咨询的过程中遇见的共性问题。最后她会展示一些她在报纸、杂志上发表的文章，那些文字是她对梦想的追求和坚持的见证。

　　全书作者以不同的身份（成长中的女子、金融保险从业人员、心理咨询师、写作爱好者等），用不同的角度分享不同的故事，以书为桥，实现度己度人。

　　本书包括《茶农的女儿》《历时"八年"的大学生活》《人世百态，过客匆匆》《为何人人都有一个名校梦——北大游学有感》《反抗才是回击校园霸凌最好的方式》《你才是自己的拯救者》《为何家会伤人》等，从多方面立体呈现真实的生活。作者通过文字疗愈自己，温暖他人。

自　序

以书为桥，度己度人

亲爱的读者，当你拿起这本书的时候，我深感荣幸。高尔基曾说过"书籍是人类进步的阶梯"，但对我来说，书本更像一座桥，我通过这座桥度己度人。而《爱的力量》这本书，就是我亲手打造的一座桥梁，连接着我和你，也连接着我和我自己的内心。我想通过这本书，分享我的故事、我的思考，希望通过我的分享能够启发和激励每一位读者。

我是一个出生在大山里的女孩子，自我懂事以来，我就知道我需要通过读书来改变我的命运。我从书中受益，从书中成长，也从书中蜕变。可以这样说，当我感到迷茫无助时，我会一头扎进书中，通过文字疗愈自己。我能深刻地感受到来自文字的力量，所以我希望自己能够成为一个用文字温暖他人的作者。

小时候资源有限，能够读到的书不多，还好我哥也是个爱书之人，所以我们小时候的零用钱大多拿来买书。对于那时读过的书我已经没有多大印象，但我记得每一个心生渴望的瞬间。初中时，我的世界是被三毛"打开"的，因为她，我渴望走出大山，想看看大千世界的万水千山。

我是在好友家借了一本三毛的《撒哈拉沙漠》，看完之后，深受震撼，那是我第一次意识到大山之外有一个精彩的世界，那个世界有我未曾触及的诗和远方。

也是从那时开始，我的心中萌生了当作家的想法，我想着有那么一天，我也要走遍万水千山，留下属于我自己的记忆，然后和世人分享。

写这本书时，我经历了各种纠结和痛苦，因为我要不断回忆所有我自己不愿面对的过去，我要扒开那些看似愈合的伤口，每一篇文章的背后都承载了许多情感。我不断犹豫徘徊，一遍遍问自己是否真的要把真实的自己呈现在他人面前。我心理学的师父荣姐曾说过："不要害怕出丑，因为成长一定会出丑。"

我不是大家眼里的乖女孩，虽然我也想过要粉饰我的过去，但现实是那些看起来狼狈不堪的样子给了我成长的力量，所以无论过去的我是如何的，我都愿意真实地展现在大家的面前。也许你会失望，也许你会惊讶，也许你会赞叹，无论你是以怎样的心情看待我，我都欣然接受。尽管我不是你所认为的样子，但我接受我的所有，也希望你能认识真实的我。

全书分为五个章节，每一个章节都有其独特的主题和内涵。我希望通过这五个章节，让你看到不同的我，也让你看到不一样的世界。

第一章"见自己"，我将带您走进我的内心世界，回顾那些塑造我成为今天这样的人的里程碑事件。

人有时候很渺小也很狭隘，只会沉浸在自己的世界中，不能自拔。在回忆的过程中，我曾开怀大笑，笑自己"疯疯癫癫"，也曾痛哭不已，那些所谓的伤害是真实存在的。

古人云："知人者智，自知者明。"知人难，看清自己更难。我也不敢说已经看清了自己，但在不断自我剖析的过程中，我和自己和解了。我把自己"掰开揉碎"展现在大众面前。文中有关于生死存亡的儿时记忆，还有青春时期叛逆张狂的"太妹"生活；有用尽全力反抗校园霸凌的勇敢，也有逃避现实龟缩堕落的胆怯；有大学毕业三年就完成人生三件大事（结婚、生子、买房）的高光时刻，也有辗转反侧、夜不能寐的抑郁时光。

这些事件不仅是我个人成长的里程碑，更是我们共同成长的见证。通过分享我的故事，我希望读者能够更深入地认识自己，发现内在的力量和潜能。

第二章"见他人"，我将介绍我在成长过程中遇见的各行各业的专业人士，以及他们背后那些鲜为人知的故事。

随着年龄的成长，我的眼里不再只有自己，我开始看见了他人。我发现身边的人都在闪闪发光，他们来自各行各业，不同身份、不同阶层、不同的价值观，他们的存在照亮了我前进的道路。这些人物和故事不仅展示了世界的多样性，更传递了一个信息：每个人都在以自己的方式努力生活，同时为社会贡献着自己的力量。

法国作家雨果说过："世界上最宽广的是海洋，比海洋更宽广的是天空，比天空更宽广的是人的胸怀。"我希望这些故事能够开阔你的视野，让你更加包容和理解这个世界。

第三章"见天地"，我将带您走遍我曾经踏足过的土地，分享我在旅途中的所思所感。

旅行，是一种独特的体验，它让我看到了不同的风景，也让我感受到了不同的文化。这些文字记录了我对自然、对文化的敬畏与理解，以及对生命意义的探索。正如古希腊哲学家赫拉克利特所说："人不能两次踏进同一条河流。"我希望通过我的文字，能让你感受到这个世界的美丽和多彩，看到不同的河流，看到不同的世界。

第四章"见众生"，我将聚焦在心理咨询工作中遇到的共性问题，通过真实案例的分享，探讨如何以爱的力量去理解和帮助他人。

众生皆苦，唯有自度，可深陷泥潭中的我们，有时候也需要有人帮助我们找到黑暗中的那束光。当我成为心理咨询师，听见不同人的故事，看到了众生皆苦，我开始有了慈悲之心。我明白每个人都有自己成长的功课，如果自己没有看清，就会作茧自缚，深陷其中。但作为心理咨询师，我能做的就是力所能及地帮助有缘之人拨开迷雾见月明。

泰戈尔说："爱是理解的别名。"这一章节旨在揭示人性的复杂与美好，同时也为我们提供了面对生活挑战的勇气和智慧，也希望能够启发你更加深入地理解他人，用爱去温暖这个世界。

最后一章"梦想之船，扬帆起航"，我整理了一部分自己在报纸、杂志上发表过的文章，这些文字是我对梦想的追求和坚持的见证。它们记录了最初的我从梦想出发的样子，到逐渐在文字世界里找到属于自己的位置的过程。

正如美国前总统林肯所说："成功属于那些坚持不懈的人。"我希望这一章节能够激励你勇敢追求自己的梦想，让爱成为我们前进的动力。

英国剧作家莎士比亚在《哈姆雷特》中说："世界就是一个舞台，所有的男男女女不过是一些演员，他们都有下场的时候，也都有上场的时候。一个人的一生中扮演着好几个角色。"在编写这本书的过程中，我深感爱的力量是每个人内心深处最宝贵的财富。无论我们身处何地，无论我们遭遇何种困境，只要我们心怀爱意，就能找到前进的勇气和力量。同时，我希望这本书能够成为你人生舞台上的一束光，照亮你前行的道路。

《爱的力量》是我修建的一座桥，我在建桥的过程中实现了自度，与自我和解，与他人和解，与世界和解，所以我也希望有机会看到这本书的你能从书中的故事看见自己，疗愈自己。文字具有力量，愿我的文章能够温暖你。

最后，我想对每一位读者说：感谢你拿起这本书，感谢你愿意走进我的世界。我希望这本书能够给你带来启发和感悟，也希望我们能够一起成长、一起进步。愿我们一起在爱的力量中，勇往直前，共同创造一个更加美好的未来。

谨以此书献给所有热爱生活、追求梦想的读者。谢谢你，我爱你！

目　录

第三章：见天地

第四章：见众生

第一章：见自己

■ 那些挥之不去的前尘往事

对于童年的过往，我大部分都遗忘了，能记住的也只有零星半点的片段而已。这些片段有在山坡打滚的欢乐，有跳皮筋的畅快，有无忧无虑的自在，当然也有悲伤难过的瞬间。也许是人的共性，难过的事情总是记得特别牢。那些挥之不去的前尘往事，时常在夜深人静时，悄然浮现在我的脑海，影响着我的情感与决策。

我脑中时常闪现几个画面，画面中的自己既惊又怕。我不知那是何时，也不知我几岁，我只记得有几个场景与生存有关。有一个场面与火有关。我记得有人来家里要抓我父亲，而我父亲不在，于是那些人开始搜查我们家，把一些做茶叶的用具堆积在院子里，用火烧。我躲在床铺底下，望着火堆，吓得不敢出声。

除了躲在床下之外，我的记忆中，还有躲进山洞的经历，好像也是因为计划生育的缘故。时代的灰尘落在每个人头上都是一座山，而我们在不知不觉中背着山负重前行。

另一个场景与水有关。老家的房子都是土屋，屋后是大山，我的记忆中有个电闪雷鸣、风雨交加的晚上，我们家遭遇大型的山体滑坡，我和其他孩子被转移到邻居家。家中的大人和亲朋好友在风雨中拿着工具清理泥沙，我害怕得蜷缩在屋檐下的角落中。记忆中，类似的画面有好几幅，也是那时我看到了大自然拥有恐怖的一面，所以我开始敬畏自然。

在我的记忆中，有许多孤独无助的时刻。因为有许多莫名其妙的经历在不断锤炼我，所以自打我懂事以来，我都格外要强，好像态度强硬就能显得自己很强大，不会受伤一般。我对哥哥的依赖性很强，这一点，到我哥上大学了依然很明显。小时候，但凡有人欺负我，我就是会找哥哥，而且我哥那个时候好像也很"坏"，是孩子王，许多小朋友都害怕他。

可当父母和哥哥都去了大田，我独自留在家中时，作为一名留守儿童，我的感受开始变得不同了。那时叔叔家的孩子都有兄弟姐妹，唯有我一人和爷爷奶奶生活。不知因何事我和堂哥争吵，我记得几句对话："你们再欺负我，我告诉我哥，等他回来让他揍你们。"堂哥开始嘲笑我，"每次都是你哥哥，你倒是让他回来啊！"那一刻，我不知道该说什么了，因为我也在问自己，我哥哥什么时候会回来。那个瞬间，我真的有种自己被抛弃了的感觉。

那时我最期待做茶叶的季节，因为父母要回家做茶叶，会给我带新衣服和玩具，还有一些在城市里才能看到的新鲜事物。至今我还记得母亲给我买的那个水冰月图案的大书包，收到书包的我兴奋不已，抱着书包睡了一晚。

孩子对父母的眷念是与生俱来的，欢聚充满快乐，离别是种撕心裂肺的疼，而想念就是杯最苦涩的咖啡。等待的日子偶尔也有小插曲，那是种黄粱一梦的失落感。

犹记得有一天，我放学回家，在村口就看见有个像母亲的身影坐在我家院子中与亲戚聊天，我以为母亲回来了，兴高采烈，快速跑回家，对着背影喊了句"妈妈"，结果那人回头一看，我愣住了，那是常和母亲在一起的姐妹，也是我们的邻居。她听到我的叫喊声，问我是不是想妈妈了，我脸上不断发烫，既尴尬又失落，还十分难过，赶紧跑开，躲进房间中，黯然神伤。

独自在家的日子里，最难熬的是贫穷带来的那份束手束脚的感受。贫穷像座无形的大山，压得我喘不过气来。每当学校要交书本费或者需要买学习用品时，我总是小心翼翼地开口向奶奶要钱。奶奶总是沉默许久，有时还会抱怨怎么又要钱。讨要几次之后，她才会掏出皱巴巴的零钱，数了又数，最后不舍地递给我。那些零钱，在我手中仿佛变得沉重起来。我讨厌这样的感觉，因此若不是必要的花销，我宁愿不找奶奶要钱。

关于这点，母亲常说起邻居和她描述的场景。家里的雨伞破败不堪，到处漏水，奶奶舍不得给我买新伞，下雨时她让我披着装茶叶的塑料袋制作的简陋雨衣，而我拒绝那件透明而笨拙的雨衣，倔强地冲进雨中，任由冰凉的雨水打在我身上，那时，我自己的眼眶也是湿润的。站在雨中的我像是在与整个世界对抗，只为了那一份属于自己的坚持和尊严。

人生中的关键性时刻都是难以忘怀的。而我的命运因为一块猪油渣被改写了。

那是个做茶叶的季节，父母在大田买了板油熬猪油，然后将猪油和油渣分开装，带回老家做饭时使用。犹记得有个下午，母亲用油渣煮米粉汤，吃饭时，我看见母亲碗里有块油渣，我立马就抢了过来。当时还没有孝敬父母的概念，头脑中的唯一想法就是想吃那块肉，因为对于那时的我来说，这是平日里不常吃到的。母亲看到这一幕，心酸了，因为他们在大田生活，猪肉还是时常能吃上的，而我独自在家，连块油渣都那么稀罕。因为我的举动，母亲决定无论生活再艰难，也要把我一起带在身边。这点我原是不知道的，也是后来常听母亲说起才懂。虽然我是名 90 后，但我确实过过连油渣都要抢的日子。

另一个零碎且印象深刻的片段发生在我们的小镇上。我家在农村，平日很少见到小汽车，看过最多的车子是拖拉机。因为稀有，当时的我连汽油的味道都特别喜欢，总希望自己有一天能够坐车走出大山。

在我七八岁时，第一次走出村里，来到我们的镇上。那是我第一次近距离面对许多小车，而当时的我连过马路都不会。我和母亲一起过马路，母亲走在前面，我跟在后面，母亲的步伐比较大，走得快，我人小，跟不上。这时有一辆小车出现，我恐慌了，赶紧朝着母亲的方向跑过去，而后，那辆汽车从我身边飞奔而过，差点撞上我。那一刻，我吓得魂飞魄散，愣在原地。母亲也吓到了，同样被吓到的还有小车司机。司机非常生气，打开车窗破口大骂"怎么过马路的，不要命了吗？"母亲连忙道歉，而我吓傻在一旁，一动不动。母亲赶紧过来把我拉走，她很生气，问我为什么不等车子走后再过马路。说完后，她露出了难过的表情，那是我初次和她出"远门"，要从老家去大田。她没有想过，我连过马路这种常识都不懂。接着她告诉我，以后遇到车子，要先停下来等一等，等车子驶过人再过马路。

当时的我是惊慌失措的，既害怕，又自责，还有些无助。我并不知道自己做错了什么，因为没有人告诉过我，有车子过来要先等一等，我只是担心跟不上母亲，担心车子走后，我会迷路走失。现在说来总觉得可笑，可在当时，那就是最真实的状态。

我们终会长大，也会越来越勇敢和坚强，但我们要学会面对过往、面对无知、面对恐惧、面对所有尴尬的瞬间，因为就是那些瞬间让我们不断成长。

再回首，那些挥之不去的前尘往事如同一部厚重的历史长卷，记录着我成长的点点滴滴。它们不仅让我更加珍惜现在的生活，也让我变得更加坚强。我相信，在未来的日子里，无论遇到什么困难和挑战，我都能够从容面对，因为我已经从过去的苦难中汲取了足够的力量和勇气。

在未来的道路上，我会带着这些前尘往事，继续前行。我会将过去的经历化作动力，让自己在人生的道路上走得更加坚定和自信。同时，我也会将这些经历分享给身边的人，让更多人从中汲取力量和勇气，去面对生活的挑战。

■ 茶农的女儿

在闽南的青山绿水间，我家世代以茶为生。身为茶农的女儿，我自幼便沉浸在茶叶的浓郁香气中，见证了一片片茶叶从翠绿到墨绿的蜕变。虽然离开家乡已是多年，但做茶叶的经历仍是历历在目。

每到做茶叶的季节，我和母亲就会早起，背着竹篓上山采茶。晨光中的茶园，空气中弥漫着清新的茶香，每一片茶叶都仿佛在向我们诉说着四季的故事。我和母亲手绑刀片，面对茶树，两人对立而站，一人一边，母亲承包三分之二的面积，剩下三分之一就是我的任务。母亲时常感叹，我采茶叶的速度很快，不像同龄的孩子。五六岁的我，便能像大人那般高产。那时我常在茶山上待个十天半个月，分担母亲的重任。

吃过午饭后的时间，便是我偷懒的机会，我会在茶树下铺上布袋，然后以天为盖，以地为庐，随风而眠。许是小时候在茶山上睡多了，习惯了大自然赋予的放松感。现在，我压力大的时候，就喜欢带上野餐垫，到户外睡一觉。哪怕只是眯一会，也能快速恢复。户外能够让我轻而易举地"复活"。这段经历也使我更加热爱大自然。茶园中的一草一木都让我感到无比的亲切和美好。我深知自然对我们的恩赐和重要性，因此我也更加注重保护环境、关爱自然。

做茶叶的工序烦琐，茶叶需要经过一系列复杂的制作工艺，才能变成我们日常饮用的茶叶。刚采摘回来的茶叶需要经过晒青和晾青两个步骤。晒青是将茶叶摊放在竹席上，利用阳光的自然力量使茶叶中的水分蒸发，逐渐变软。晾青则是在室内将茶叶摊开放置，使茶叶在通风的环境中自然氧化，达到提香的目的。这两个步骤看似简单，却需要细心观察茶叶的变化，适时调整摊放的厚度和时间。

晾晒完的茶叶要放入特制的摇青机中进行摇青，通过摇晃使茶叶相互摩擦，促进茶叶中的酶类物质氧化，形成铁观音特有的香气。之后要炒茶叶，将摇青后的茶叶放入锅中，用高温快速炒干，使茶叶中的水分进一步蒸发，让茶叶变得紧致有弹性。

在所有做茶叶的工序中我最喜欢炒茶这个环节。父亲炒茶时，我偶尔会坐在炉子前，帮忙烧柴火，静静感受着火焰的温暖和茶叶的香气。火焰跳跃着，仿佛在为我跳舞，为我加油鼓劲。而茶叶的香气则渐渐弥漫整个屋子，让人心旷神怡。我会用木材燃烧后的炭火烤地瓜或是土豆和芋头。往炭火里埋入几个地瓜后，我们就跑去院子里玩耍，

铁观音晾青

等游戏结束时地瓜也熟了。地瓜的焦香与茶叶的清香交织在一起，使我感受到一种无与伦比的满足和幸福。

"揉捻千般意，烘焙万般情。"炒干后的茶叶要放入揉捻机中，通过揉捻使茶叶形成紧致的条索状。之后还要将揉捻后的茶叶放入烘焙机中，用适中的温度和时间使茶叶进一步提香和干燥。这两个步骤需要精准掌握时间和温度，以确保茶叶的色、香、味、形俱佳。

因为工序烦琐，涉及的事情较多，所以要做出高品质的茶叶是不容易的。可以这样说，好茶是可遇不可求的，因为做好茶需要天时地利人和。

我们家的茶叶大多都是自产自销，所以制作茶叶的每一道工序我都亲身参与过。在所有工序中我最讨厌捡茶梗这个环节。采茶叶的时候，我们是连梗带叶一起采摘的，所以做好的茶叶也是有梗有叶的形态。茶梗会苦涩，影响口感，且从外形上来看也不美观，所以必须将茶梗挑干净，再把那些较老的茶叶筛选掉。

挑茶梗的时候，我们要坐在簸箕前，低着头，双手挑。这个过程需要很细心，还需要有极大的耐心，因为一旦疏忽，就会影响到茶叶的品质和口感。对于贪玩好动的孩子来说，这个过程既枯燥无味，又难受至极。久坐之后腰酸背痛，长期低头颈椎受到压迫，脖子也是酸痛不已。家里长期挑茶梗的长辈都有较为严重的职业病。

小时候我经常问父母："为什么我们家是做茶叶的，而不是开小卖部的？"孩提时，我最希望家里是开小卖部的，因为这样就有各种各样的零食可以吃。或许这是所有小朋友的梦想吧。

后来有了挑茶梗的机器，我们稍微轻松一些。但我们家是"小作坊"，没有一体化的机器，所以至今还得亲自动手包茶叶。将茶叶按规格装进透明小袋中，然后套上精美的外包装，再进行真空压缩。若客户要送礼，还要进行手动装罐，再放入礼盒中，封好口，贴上标签。

　　每包茶叶都是我们辛勤劳动的结晶，也是我们对品质生活的追求。每次看到那些包装精美的茶叶被送到客户手中，我都会感到无比的自豪和满足。

　　这段经历让我学会了坚持和坚韧。做茶叶的工作是繁重的，尤其是在采茶和制作茶叶的高峰期，我们需要长时间地劳作，这对体力和毅力都是极大的考验。然而，正是这些艰苦的经历，让我更加坚定了自己的信念和目标，也让我更加勇敢地面对生活中的挑战和困难。

　　说起这些故事，我非常感恩我的父母，若没有他们的努力，我和兄长都无法走出大山，也无法接受高等教育。现今我能做自己所热爱的事情，都是因为他们无条件的支持。希望不久的将来，我有能力支付他们所有的生活费用，让他们不用再辛苦劳作，能够好好享受生活。

　　每次喝茶时，我都会想起那些在茶园中度过的快乐时光，想起那些与家人一起劳作的温馨画面。如今，我已经长大成人，离开了那片茶园，但那份对茶园的热爱和怀念却从未改变。每当回到家乡时，我总会迫不及待地走进山里，感受那熟悉的气息和风光。我知道，无论走到哪里，那片翠绿的茶园和那些儿时的记忆，都将永远留在我的心中。

　　铁观音作为一种优质的茶叶，承载着茶农们的辛勤付出和智慧结晶。作为茶农的女儿，我深感荣幸能够亲身参与其中，见证茶叶的蜕变过程。茶园不仅是我成长的摇篮，更是我精神的寄托。这些宝贵的经历和回忆，将伴随我一生，成为我人生中最珍贵的财富。

■ 消失的二年级

在人生的长河中，有些记忆如同被时光悄悄抹去，只留下淡淡的痕迹。对我而言，二年级的记忆就是一段消失的时光。每当回想起那段日子，我总是感到一种莫名的空白和失落，仿佛那段经历从未真正发生过。

决定出书后，有很长一段时间我陷入了创作危机，好几个月的时间，一篇文章都写不出来。为此我很焦虑，不断分析没有灵感的原因，后来才发现是因为害怕自己写的内容不真实，所以不敢动笔。但最近发生了一件事，改变了我对于真实的看法。

前两天，我和母亲还有兄长聊天，内容是关于我什么时间从老家到大田。在我以往的记忆中，我一直认为自己是10岁读三年级的时候搬到大田的，但那天我惊讶地发现，原来事实并非我想象的那般。从母亲与兄长的口中得知，我是在大田读二年级的，这和我的记忆完全不同。所以我和他们再三确认，得到的答案都是一致的。那瞬间我突然发现所谓真实的本身就不真实，我们只记得自己愿意记得的人、事、物。所以我放下了关于真实的顾虑，重新开始动笔。我好像明白了，同一件事情在不同人的眼里，看到的结果也是不一样的，所以没有所谓的真实可言，我只要写出自己的真实感受就好。

得知这个真相之后，我拼命回忆有关二年级的记忆，我的脑海中没有任何一丁点儿有关二年级的记忆，所以我称之为消失的二年级。

心理学家弗洛伊德认为，人类在面对无法承受的痛苦时，会采取各种心理防御机制来保护自己。其中一种常见的防御机制就是遗忘，即选择性地将痛苦的记忆从意识中抹去，以避免情感上的痛苦和焦虑。

按理来说，如果我是二年级转学的，那么从农村到县城的冲击性是很大的，我不该没有任何的记忆才对，可现实就是如此，我所有相关的记忆，都是从三年级开始的。说起小学三年级，我有各种各样不好的体会，所以至今印象深刻。

也许二年级时我的年龄还太小，并不记事，也许是三年级的冲击性足够大，大到我难以忘怀。其实所谓的冲击性在现在看来不过是点滴细碎的小事，但我从中深刻地感受到了所谓的阶级差异性。

我在早餐中看到了我们家与别人家的经济差距。当时我父母还是茶农，靠一亩三分地养家糊口。父母是借钱到大田发展的，连我们的学费都是借来的，所以家里的伙食比较一般。我家的早餐大多是白粥，有时配榨菜，有时吃母亲炒的青菜，鸡蛋偶尔会有。那时我经常去我家附近的女同学家，等她一起上学，我去的时候她都在吃早餐，她的早餐是一包鲜牛奶，一个面包，一个荷包蛋，一小份水果。现在看来很简单的早餐我当时却格外羡慕。我不敢看她吃早餐，因为自己会馋，

小时候过年的合影（从左到右顺序：我哥、我、我堂姐、我堂妹、我堂弟）

满脸会写满羡慕两个字。自尊心作祟，为了不让她看出我的小心思，我一般都在她家楼下等她。那时就觉得她家很有钱，也觉得自己和她不是一类人，可不知道为什么我还是会每天都去等她。我知道父母是拼尽全力带我们走出大山的，所以我不能够有任何奢求，但我不能否认当时的落差感和自卑感。

第二件让我印象深刻的事儿是老师对学生的区别对待。三年级时我的学习态度很好，也听话懂事，但成绩一般。因为普通话不标准，经常被同学嘲笑，不知为何，好像也不受老师待见。我记得有一次语文老师批评我，说我写字不好看，成绩不好，她的表情严肃，口气很重，我十分害怕。可她转头和另一个学习成绩好的同学说话时，瞬间变脸，语气温柔，一直表扬她的成绩稳定，名列前茅。当下我就觉得自己特别差劲，是一个不受老师喜欢的孩子。

所以从那天回家之后，我开始疯狂练字，也抄写了很多优秀作文。得益于当时的用功，从四年级开始，我的语文成绩突飞猛进，但我能快速进步还有一个很大的原因是我们分班了，我换了个语文老师，新的语文老师看得见我的努力，一直鼓励我。也是从四年级开始，语文成了我的强项，而我对写作的热爱延续至今。

然而让我最受打击的是没有朋友的孤独感。初到县城，我对周围的一切都感到陌生和不安。我穿着简朴，操着浓重的乡音，再加上显而易见的伤疤，我和周围的环境格格不入。我成了同学们嘲笑和欺负的对象。那些尖酸刻薄的言语、恶意的嘲笑，像一根根利箭，深深地刺痛了我的心。我上课回答问题时，经常听到同学们的嘲笑声。当时的我非常自卑，身边也没什么朋友，默默无闻的我甚至希望自己成为一个透明人。

再次回忆过往，我记不得任何一个同学的名字，因为没有感受过爱和温暖，所以这段时光好像和我没有多大的关系。我想或许是因为这个原因，我的二年级才会平白无故地消失。所谓的消失不过是自己不愿意记得罢了。

现代心理学对痛苦经历遗忘的研究也提供了更多的解释。其中，一种被广泛接受的观点是，遗忘是一种大脑自我保护的机制。当我们经历痛苦时，大脑为了保护我们免受进一步的伤害，会选择性地删除或抑制那些痛苦的记忆。这种遗忘不仅有助于我们的心理健康，也有助于我们更好地适应生活。

也许现在看来，那些忽视和区别对待并没有什么，但对于当时那个不到十岁的孩子来说，可能已经达到了她所能承受的极限，所以她主动或者被动选择了遗忘。

可遗忘并不代表没有发生过，事情虽然被忘记了，但情绪和感受是一直都存在。当我们面临相同的事件或情境之时，我们会不断重复之前的模式。感受到伤害，不愿承受和面对，选择性遗忘，如此周而复始，不断循环。如果自己没有发觉这个模式，那么这个模式将伴随我们的一生。

虽然二年级的记忆已经消失，但我并不打算一直逃避下去。我深知遗忘只是一种暂时的逃避手段，而真正的成长和进步需要我去面对那些痛苦的经历。因此，我开始努力回溯那段消失的记忆，通过心理咨询和系统性学习心理学来探寻其中的原因和真相。

消失的二年级，消失的背后是在别人评判中的自我怀疑和否定，其中有委屈、有难过、有愤怒、有自卑，还有无助的情绪和感受。以前的我不懂，但是现在，作为心理咨询师，我已经有勇气和能力去面对所有的情绪和感受了。

在这个过程中，我逐渐明白了一个道理：痛苦的经历并不是人生的绊脚石，而是成长的催化剂。正是因为经历了那些痛苦，我才更加珍惜现在的幸福和安宁。因此，我不再害怕那些被遗忘的记忆，而是勇敢地接受它们作为我人生的一部分。

当然，面对痛苦的经历并不是一件容易的事情。我们需要付出很多努力和时间来逐渐接受和处理它们。但只要我们勇敢地迈出第一步，相信自己有能力去克服困难，我们就一定能够走出阴影，迎接更加美好的未来。

现在的我会对二年级的自己说："亲爱的小小兰，我看见你了，我理解你的所有经历和感受，我知道你的不容易，也明白你的无助，对不起，当时的我没有能力保护你，但是现在我长大了，成了一名心理咨询师，我有能力保护好你。我也十分感谢你的存在，如果没有你，就没有今天的我。现在是时候让我们两个在一起了，接下来的路我们一起走……"

如今，当我再次回想起二年级那段消失的记忆时，我已经不再感到恐惧和逃避。相反，我将其视为一个宝贵的经历，让我更加深刻地认识到人生的复杂性和多样性，也让我更好的认识我自己。我相信在未来的日子里，无论遇到什么样的困难和挑战我都能够勇敢地面对它们并从中汲取力量，我也会继续努力成长，不断超越自己，创造更加精彩的生活。

■ "兵荒马乱"的青春期

青春，如诗如画，又似兵荒马乱。在这充满挑战与机遇的年华里，我如同一只在波涛汹涌的大海上航行的小船，经历了风雨的洗礼，最终驶向成长的彼岸。

其实，青春期是我最不愿回忆和讲述的时期，因为初高中的那七年，我疯狂而堕落，所以不敢回忆，也不愿面对。但今年十月份，顺道导师班的课程改变了我的想法。

课程中有自我整合的部分，其中有个环节是让我们独自走在阳光下，回忆那些最不愿回忆的过去，与之和解。在那几天的学习过程中我和小伙伴们说起了我的青春期。她们听完之后深受震撼。有个同学抱着我和我说："谢谢你，小兰，我被你的真诚和勇敢所感动。听了你的故事之后我突然不焦虑了，原来我特别担心我的女儿在高压教育下会变坏、会堕落，但是你让我看到生活会有很多可能性，即使经历过堕落和黑暗，也能成长为一个乐观开朗、阳光向上的人，真的特别谢谢你，你特别有力量……"听完她的话我很开心，因为她是个幼儿园的校长，也是三个孩子的母亲，她的话让我觉得我的故事有价值、有意义，所以我决定和大家分享我那"兵荒马乱"的青春期。

在初中之前，我走的一直都是乖乖女的路线，成绩优异，学习认真，是老师和家长眼里的好学生、好孩子。可上初中之后，我的人生轨迹好像发生了重大改变，我开始变得不像我自己了。甚至我不知道改变的具体原因是什么，好像命运的齿轮走到这个时候突然脱轨了一般，我像一匹脱缰的野马，再也不受控了。不知是受疼痛文学，还是青春期自带的叛逆气息，抑或是体内激素改变的影响，反正诸多因素的影响造就了一个特别叛逆和野性的我。

一个人发生巨大的改变通常是多方因素造成的，仔细想来我的改变是初二开始的，而改变的原因大约有以下几方面。

首先是家庭方面。那时我父母开了家茶叶店，赶上了时代红利，当时生意很好。家庭经济变好后，我们在当地买了套房子。按理来说家庭经济变好是好事，可生意好的同时父母也越来越忙，他们顾不上我和哥哥。那时我们放学后经常要自己回家做饭，有空还要在店里帮忙。我读初中时，哥哥读高中，我原是特别依赖他的，可他上高中后学习变忙，我也没办法一直跟在他身后了。

或许忙不是重点，重点是父母在那个阶段经常吵架，属于一言不合就开吵的那种。哥哥备战高考，父母怕影响他的学习，比较少在他面前争吵，但我是看在眼里的。母亲是个有情绪就会写在脸上的人，我最怕她生气的样子，十分恐怖。他们一吵架，我就压力山大，家里氛围变得格外凝重，让人有种难以描述的窒息感，所以我不爱回家，经常找各种借口待在学校。哪怕是周末，我也喜欢待在学校里。

另一个原因是正值青春期，身心都在发育，随着激素的变化，我也变得更加脆弱和敏感，受不了母亲的打压式教育。母亲是个能干且强势的女人，还是个完美主义者，对我的要求一直比较严格。而我的性格大大咧咧，不拘小节，所以我做的事情很难达到她的要求，哪怕是最简单的扫地。每次我很认真地扫了两三遍，她依然能挑出脏的地方。事情做不好就会经常被念叨，当时觉得她整天在耳边唠唠叨叨烦得不行。并且她有很强的控制欲，要求我一定要按照她规定的方式做事情。她的标准是我再怎么努力都做不到的，所以每天都要被骂，她一直让我觉得很挫败，久而久之变得很绝望。哪里有压迫哪里就有反抗，要么正面反抗，要么啥也不做。她经常在别人面前说我懒，说我哪里做不好，所以那些我做不到的事情我便不再做了。反正在她眼里我就是懒，那就懒吧。

　　也是从那个时候我开始叛逆反抗，她说东，我一定会往西走，看见她暴跳如雷的样子我有种暗暗的爽，我知道，这是一种变相的报复。时间久了，就成了习惯性反抗，哪怕到现在，不管母亲说什么事情，我好像都会下意识否定。这是我学心理学后不断自我觉察和反思才发

参加高中运动会的我

现的，这是一种为了反抗而反抗的模式。

此外，学校里发生了一件事情，这件事成了我堕落的导火索。具体事件我已经忘记了，好像是和同学有些矛盾，被老师批评了。当时我很委屈，因为事实和同学讲述的不同，但老师选择相信那个同学，而我被冤枉了。当初太过幼稚和无知，错认为读书是为别人而读。想反抗妈妈，所以不好好学习，想反抗老师，所以不认真上课。殊不知这样耽误的只是自己，我就是这样走上了迷途。

俞敏洪在《我的成长观》一书中说道"我相信绝大多数同学在高中的时候有两种感情。第一种是朋友之间的友谊。第二种是朦胧的爱情。"此外他说还有一条名叫"高考"的主线。而我的初高中一直沉浸在两种感情当中，逐渐忘记还有"高考"这条主线。

初高中的友情是终身的，至今我身边最好的朋友大多来自那个时候。当学习不再是我生活里的主线，我便开始"游戏人间"。受金庸和古龙武侠小说的影响，我的心里也有一个快意恩仇的江湖。我混迹在一群"兄弟"之中，抽烟喝酒、唱歌跳舞、逃课早恋，潇洒而疯狂。

许是爱看书的原因，我骨子里还有读书人的气节，所以我从不讲粗话、不参与打架斗殴、不欺负别人，甚至有颗侠义之心，会出手保护弱小。若果身边的"兄弟"欺负女孩子，我会第一时间站出来"教训"他。

有人说性格决定命运，确实如此。我那桀骜不驯的特质，在青春时期便体现得淋漓尽致。我是个在乡野里长大的"野孩子"，这种野在当时也是看得见的。犹记得那年的初一，身高仅一米三八的我，敢尝试开摩托车。仅是同学教两三遍，我就敢飞奔上路，载着他和闺蜜驰骋在学校后山的飞机场。那种迎风飞驰的感觉让人热血沸腾，我爱极了那是种自由"飞翔"的感受。

无论我的外在表现得多像男孩子，内心终究还是个小女生。情窦初开的年龄，我也会思春，总幻想刻骨铭心的爱情。关于爱情，我是大胆且勇敢的，遇见自己喜欢的人我一定会表白，并且竭尽所能去追。我写过情书、折过星星和千纸鹤、也曾表白过无数次，甚至会在某个固定的时间，在某个固定的地点等待某个固定的人。反正电视剧里演过的桥段，我大多做过。只可惜，死缠烂打的行为只能感动自己，感动不了梦中人。也是多年之后我才懂，真正的爱情并不需要如此费尽心思，也不需要卑微到尘埃里，倘若对方是对的人，你只要开心做自己便是极好的。为情所困就是我七年青春岁月最大的困扰。长大后，不断追溯反思我才明白，当初的执迷不悟不过是为了寻求一点点的爱和关注。那些在家得不到的爱终究会向外寻找，无论是大人还是孩子都是这般。

年少不知光阴似箭的道理，总为无意义的事情荒废大把时光。本该挑灯夜读的时间，我却喝着速溶咖啡，熬夜看言情小说，还时不时为书中人哭得稀里哗啦。那时流行疼痛文学，我们"陪着"郭敬明一起《悲伤逆流成河》，"拿着"饶雪漫的《沙漏》看《左耳》，和辛夷坞一起缅怀《致我们终将逝去的青春》……除了言情小说之外，我看的大多是文学类的作品，那时最爱三毛和张爱玲，那段杂乱不安的岁月是她们陪我度过的。

看多了言情小说，再加上为情所困，我的情绪波动特别大，动不动就伤春悲秋。我高一的同桌曾和我说："你能不能不要像林黛玉一样动不动就掉眼泪。"自诩乐观开朗的我，不曾想过自己有一天会和林黛玉挂钩。但我知道当时的自己确实不讨喜。因为上了高中之后，我就成了一名不折不扣的学渣。

那时我调皮捣蛋，上课爱讲话，所以高中好长一段时间我都是坐在最后一桌。坐在最后的大多是个子较高或是让老师较为头疼的男同学，而我是唯一一个和他们称兄道弟的女孩子。那段岁月有许多好玩的故事，不论是晚自习后的小酌，还是课间里的嬉笑打闹，抑或是周末 KTV 里的欢声笑语，都让人难以忘怀。而今看来的荒唐，当时却乐在其中。朋友用"有血有肉"四个字形容我那丰富多彩的生活。

学习方面，我严重偏科，"重文轻理"，所以文理科分班我果断选择了文科。我的作文经常被当成范文，传阅在同学之间，但英语和数学是我的"噩梦"，经常不及格。我的数学成绩一直很稳定，班级倒数第五。我记得有一次我数学进步了，特别开心地和我的数学老师说："老师，我这次考试终于不是倒数第五了，我进步了，"老师听完一脸无奈，因为虽然不是倒数第五，但我依旧没有及格。这个噩梦直到高考依然没有被打破。两年高考，我的英语成绩都是八十分（及格线是九十分）。第一年数学也是不及格，不过经过一年补习，再加上第二年高考数学比较简单，第二年数学考了一百二十几分。

初次高考，我的成绩连本科线都没过，但我又不甘心读专科。经历高考失败的我终于意识到事情的严重性。看着别人离家上大学，我的心中五味杂陈，既羡慕又后悔。父母开玩笑要开家茶叶店给我，让我和他们一样做生意，我立马否决，因为我想复读，这一次，我发自内心地想上大学。

那年我真的收心了，找优秀的同学借来高中的笔记，甚至拿出初中的课本补数学。我和考上名校的同学通邮件，询问高效的学习方法。除此之外，我开始锻炼身体，休息的时间会跑步或打羽毛球。好在，皇天不负苦心人，经过一年磨炼，第二次高考我的成绩比第一年多了一百多分，顺利考上二本的学校，开启属于我的大学生活。

那些年，愚蠢的事情我做过很多，至今回忆起来还有尴尬和不解。

但世界是多维的，每个人也不是单一的样子，而是有各种不同版本的自己。生活在不一样的年龄阶段，就有不同的经历和体验，这些都是成长的轨迹。如果问我"兵荒马乱"的青春期于我而言意味着什么，我想那是段人生弯路，我迷茫而慌乱，那个期间我是找不到自己的，我在抓取和寻找，也在依赖和等待。但我仍会感谢那段青春岁月，因为那些经历让我有了不一样的大学生活。

因为初高中大多数时间忙于玩耍和沉浸在虚无缥缈的情感当中，所以当我来到了大学，我有比别人更为清晰的目标和规划。当大家还沉浸在放飞自我的自由中时，我已经开始步入社会追寻自己的梦想了。也许这并非是好事，也不一定是正确的道路，还没有任何借鉴价值，但我就是这样一步一步走过来的。生活没有标准答案，成功亦是如此，每个人都有属于自己的青春期，也有属于自己的生活。因为经历过荒唐和不安，所以我的接受性很强，对不同人也多了一份不一样的理解。

此外，当我有了孩子之后，我时常会回忆起这段记忆，我在不断剖析为何一向乖巧的我会变得那般叛逆，我心中有了属于自己的答案，我希望当我儿子走到青春期的这个阶段，我能给予更多的关注和理解。当然，如果他也和我当初一样走了弯路，那我也会尊重他的选择，毕竟这只是一段路而已，并不能代表他的整个人生。

■ 看似无用的动漫，却是我成长的动力

　　大多数人做事情总喜欢问这件事情是否有用，是否有意义，只有有用、有意义才肯做。但是孩子从来不计较是否有用还是有意义，他们只会因为有趣、好玩、好奇去做一件事。而我一直像个孩子般，因为兴趣爱好做了许多在别人眼里看来无用且毫无意义的事情。其中最为疯狂的就是追动漫。

　　从小我就和其他女孩子不一样，我不爱芭比娃娃，不爱看女孩子喜欢看的动画，我最喜欢看修行类的动漫和小说。那时市面上主流的动漫我都在追番，像《斗罗大陆》《斗破苍穹》《凡人修仙传》《完美世界》等。所以我对能量、冥想和修行这类的词汇并不陌生。我一直相信自然界中有能量的存在，也相信万事万物都有属于自己的运行规律。长大后知道了量子力学，才发现这就是我一直在寻找自然规律。

　　在动漫中总会看到主人公花很长的时间进行修炼，一个技能需要不断重复地刻意练习才能够学会，所以我的潜意识中一直知道，任何事情都不能一蹴而就，凡事都有一个从量变到质变的过程。也是因此，我成了个长期主义者。我并不在乎短时间的结果，我更在乎三年、五年甚至是十年后的发展。而我的耐力就是在不断等待中被锻炼出来了。

　　对我影响最大的动漫莫过于《火影忍者》。这是我从小学开始看，一直追到大学毕业，工作了，还常看的动漫。十几年的光阴岁月里，"鸣人"一直陪伴我成长。这部动漫见证了我的成长过程，从无忧无虑的童年，到羞涩懵懂的青春期，再到心高气傲的大学，最后步入社会，

开始成家立业。

相比许多人来说，我是幸运的，因为我选择了一个积极上进、有情有义且热血十足的鸣人作为榜样。

漩涡鸣人是这部动漫的男主角，他的身体内封印着一只破坏村子、伤害民众的九尾妖狐，所以村子里的人对他既恨又怕。身为孤儿的他，从小过着被孤立、仇视和嫌弃的生活。而他本人对此事毫不知情，他能感受到大家莫名其妙的态度，大家的躲避深深伤害了他。而他为了引起别人的注意，不学无术，还时常恶作剧，搞得村子不得安宁。

也许因为我小时候也被区别对待过，所以在鸣人身上我看到了共情点。我能理解他的孤独和无助，也理解他不断想证明自己的心情。

就是这样一个从小不被待见的人，最后成了拯救村子的大英雄。他凭借自己永不放弃的精神，把自己活成了一道光，照亮了无数人前进的道路；他用自己的满腔热血，融化了无数颗冰冷的心；他靠着一丝善意，拯救了无数深陷泥潭的人。

他成长的每一步路都走得辛苦又孤独，但他从未放弃过。他身上有一种异于常人的执着，他敢于做梦，敢于追梦，最终完美圆梦。我就是一次又一次被他的执着所打动。

受他的影响，我也有许多的梦想，作家梦、讲师梦、舞者梦……并且我一直走在圆梦的路上。我也相信，所有的美好终将到来，所有的梦想终将实现。

每件事情是否有用，或是否有意义，在于你是否赋予了它不一样的意义。对我来说，动漫就是我成长过程中一股非常强大的动力。它让我相信梦想，敢于追求梦想。并且我对动漫的热爱也会运用到我的学习上。

我曾一口气追了188集的《斗罗大陆》，对剧中每个人物的性格特点都十分熟悉，恰巧那阵子我正在学习数字心理学，需要熟记 9 个数字的正反面，所以我结合动漫中的人物，整理了一套《斗罗大陆》版本的数字心理学笔记。我用主人公唐三记忆数字 3 的正面特质："唐三是一个乐观开朗、积极主动的欢乐使者，他时尚爱美、多才多艺，具有非常高的艺术天赋；他做事富有激情、行动力强，极具创意，每次都有特别多的点子，而且他还擅长表达，最重要的是他还超级讲义气。"

就这样，我用一段话把数字 3 的 12 个正面特质表述出来了。因为我独特的记忆方式，我对数字心理学的内容印象深刻，成了当时学习最扎实的学生，也得到了我老师高度的认可，这就奠定了后来我做上百个数字心理学个案咨询的基础。

不仅如此，大学时代我还因为一部《调酒师》的动漫对调酒感兴趣，而后遇到相对应的机会，和其他人一起"创办"了一家小酒吧。

回想成长路上因为追动漫而遇见的那些人、事、物，都是充满了惊喜和感动。在现在看来也是极为有趣的。

当我和朋友分享动漫在我的成长过程中对我起到的重要作用时，朋友说："人生没有白走的路，每一步都算数。"是啊，生命旅途中那些看似没有用，又没有意义的事情，经常在不经意之间发挥着特殊的作用，也有可能就此改变人生轨迹。

■ 历时"八年"的大学生活

我曾和香红老师说，我的大学四年活出了八年的感觉，因为经历了太多事情。我的成长是阶段性的，每个阶段都有所不同。我的大学生活是圆满的，没有遗憾，所以今天我想和大家分享我那"八年"的大学生活。

为了力求真实，我翻看所有曾经用过的社交软件。互联网是有记忆的，你在其中留下的点滴都会被记录在册，哪怕你本人已经遗忘了，但是通过它，你依然能够看到成长中的自己。

我是读过高四的人，所以在上大学之前我对自己的大学生活就有所规划。我是个有野心和欲望的女孩子，我不甘平庸，不甘在忙忙碌碌中庸庸碌碌，所以刚上大一时我一心想要成为女强人。

我就读于华侨大学厦门工学院，现更名为厦门工学院，读的是国际经济与贸易专业。在别人眼里这是万金油的学科，什么都学，但什么都只学一点皮毛。不过我的定位一直不在外贸，而是在金融方面。我们家是做茶叶生意的，受到环境的耳濡目染，我对金钱很有感觉，所以我的大学有大半时间都是以金融为主。我将通过八个部分的回忆来讲述我的大学生活。

一、疯狂而悲惨的股民

刚上大一时我表现的比同学更成熟一些。因为复读的原因，我的年龄比应届生大一两岁。我是提前一天到学校的，到校后就开始整理宿舍、熟悉校园环境，所以舍友来到学校时，我就成了他们的"导游"，和他们介绍学校的情况。当时我穿的是职业装，他们都以为我是学校的老师。我是宿舍里年龄最大的，所以顺理成章成了宿舍的舍长。开学第一课我就竞选班级的班干部，成了副班长。

开学不久就是社团纳新的日子，我奔着目标加入了金融投资协会，还参加了社团里的模拟炒股大赛。我是个有机会就会抓住机会，没机会就要尽己所能创造机会的人。所以当校企合作的金融企业来学校招收学员时，我就抢在第一个上台做自我介绍。初生牛犊不怕虎，我从不在乎别人会怎么看我，因为我满眼只有目标和梦想。在笔试环节我耍了点小聪明，遇到自己完全不懂的题目，我在答题卷上写上自己的想法，交卷时还在试卷右上方写了句"只求一个学习的机会"。我相信成功人士愿意给好学的人一个机会。结果如愿以偿，我顺利进入该公司学习。

那家公司在莲坂，离我们学校近1个小时的车程，每周三晚上我都会去公司上课。在学习的过程中，我开了一个属于自己的证券账户，还开了贵金属账户，开始学习操盘、炒股、炒期货。后期还接触到了外汇。

一起学习的小伙伴来自不同的大学，他们大多是男生，只有两三个女生。刚上课时有二三十个学员，后来人越来越少。几次课程之后，只剩下几个人，而我是唯一的女孩子。到最后，只剩下我一个人还在坚持。大学宿舍有门禁，每晚还要查房，我外出学习回学校都是匆匆忙忙的，为了赶上门禁前进宿舍，我只能抄近路，翻学校的围墙。

股票和贵金属打开了我的新世界。初次接触时我一头雾水，看到大盘上的红绿长方形满脸疑惑，这是什么？于是我从最基础的K线图开始学习。除了公司教授的知识外，我还自己阅读了许多相关的书籍。从《日本蜡烛图技术》开始，到《道氏理论》，再到《海龟交易法则》等。

那阵子我沉迷于学习当中不能自拔，一个月能看十来本课外书。

每天一有空就盯大盘，尝试各种基本面和技术面的分析。研究艾略特波浪理论时，我会对照书本，在股市中找到某个时段的行情进行分析。如果日 K 线没有看到相似的行情，我会看一个小时的、半个小时的，有时还研究五分钟的行情。

最为疯狂的时候，我甚至翘课在宿舍研究各种技术理论。那阵子，舍友都觉得我走火入魔了，每天都对着一堆红绿线段，不停地看，边看、边写、边比画。其实整个大学生涯我都有些不合群，因为每个阶段我都在做一些大家不太能理解的事情，动不动就往校外跑，而我好像也习惯了异类般的存在。好在我的舍友都很给力，没有因为我的"与众不同"孤立我。

随着学习的深入，我开始接触外汇市场，感受到了市场波动带来的心跳加速的感觉。除了看 A 股大盘之外，每天晚上我还会盯美盘（美洲盘）。美盘的开盘时间正好是我们这里的晚上，夏时令是晚上九点半，冬时令是晚上十点半。这个时间点特别尴尬，因为周一至周五的晚上，学校统一在十一点断网。刚开盘市场行情还没有太大波动，等行情开始大起大落的时候就断网了。每次断网我都纠结不已，因为我已经开始用真金白银实操了。

父母看到我学习的热情，拿了三四千元让我尝试。也是在那时我体会到股市里的变幻莫测。A 股市场相对稳定，但后来我做的大多是贵金属（黄金白银）和外汇，这些都有加杠杆比例，而外汇市场还是用美元换算的。

因为我学习足够认真，所以最开始时我的成绩出众，模拟盘赚了几千元之后我就开始飘了，开始真金白银入市。最初我小心翼翼，也不贪心，见好就收，收益达到 30% 左右就及时止盈。就这样，小有成绩，资金翻倍了。由于我目标明确，又有了一定的实战经验，所以我的大

爱的力量

学生活迎来了第一波小高潮。我开始和身边人不断分享我要成为操盘手的梦想，甚至我登上了商学系的讲台，面对三四百位同学做关于《梦想与职业规划》的演讲。

股市中有"七亏二平一赚"的说法，大部分股民都难逃这个定律。我年少无知时一度觉得自己会是那10%的人，会成为一个优秀的操盘手。结果是我高估了自己的能力，也低估了股市的行情。股市行情最考验的是人性，人性中的贪婪容易在小有盈利时不断被放大。当我有所收获时，就变得大胆而贪婪，入市资金从父母给我的三四千元开始不断追加，甚至把一学期的生活费和要买新电脑的费用全都投入市场当中。当初的想法太天真，觉得钱太好赚了。我账户上的资金最高的时候达到2万出头。那时的2万对于普通家庭来说，并不是小数目。

当我沾沾自喜时，现实给了我猛烈一锤，我"破产"了。我操盘水平的波动不仅受行情的影响，还受生理周期和情绪周期的影响。每个月，前三个星期赚的钱我都能在生理期那周把收益亏光。印象最深的是在某个周五晚上非农数据（美国非农业就业人数）公布时，这个数据在每月第一个周五晚上八点半公布。非农数据可以直接反应美国经济的状况，它会影响美元和黄金的价格变动。受数据影响，当晚黄金价格像跳楼一般，快速下降，做多的我直接爆仓了。爆仓之后我不甘心，又迅速补仓。补完不久继续爆仓，如此连续来个两三次，我的心情像坐过山车一样，忽上忽下，惴惴不安。最后一次爆仓时，我的情绪随之跌入谷底。手里仅剩的钱达不到补仓的要求，就此我无缘于贵金属市场。

在这期间我也挣扎过，痛苦过，为此找好友借了几千元重新入市，可结局还是一样，无奈之下我选择了认命。这件事成了我大学生活里的转折点，也留下了有关股市和投资类的阴影。我恐惧市场带来的患得患失、起起落落，也害怕面对曾经失败的自己，所以选择了逃避，卸掉手机和电脑里的所有软件，不再接触相关的人、事、物。

这件事之后的六年里，我不再接触股市。直到大学毕业，我进入保险行业，身处金融市场中才再次接触股票投资。银行、证券和保险是金融的三驾马车，为了更好地服务客户，我在 2018 年又一次入市，只不过这次我报了相关的课程，进行专业且系统性地学习股票和基金。我不再投机取巧，而是踏踏实实遵循价值投资理论。在《指数基金投资指南》一书中我认识了银行螺丝钉，开始加入他的学院，报他的相关课程，跟着他定投指数基金。后来还报了长投学堂的一系列课程，再加上保险公司的各种金融类培训，我开始全面认识金融市场。

对我来说，当初的狂热是真实的，我被市场打败，败得血本无归也是真实的。因为投资失败，我的生活费全亏光了，又不敢告诉父母，也不好意思再找朋友借钱，于是我成了一个吃不上饭的学生。

整个大学期间，舍友对我印象最深的就是我经常没钱吃饭。最穷的时候好几天都是一天只吃两餐，每餐一元钱。当时食堂里的白米饭一碗五毛钱，一盘凉拌海带丝五毛钱，例汤是免费的，我把米饭和海带丝倒进汤里，拌着吃。舍友特别嫌弃我这种吃法，她们说像吃"猪食"。有时真的看不下去了，这个人给我一块肉，那个人给我一点菜，就此凑成了我的一顿饭。

因为小时候家里贫困，有过吃不饱的记忆，也因为大学时经历过特别穷的日子，所以我对食物有种莫名的执着。我从不挑食，也不轻易浪费食物，因为我知道饿肚子是种什么样的感受。

对当时的我来说，这次的失败是次致命的打击，我久久无法释怀。当我还沉浸在失败的痛苦中时，屋漏偏逢连夜雨，在情感上我也遇到了颠覆世界的重大事件，闺蜜和我追了许久的男生在一起了。我知道这不是他们的错，但对于那时的我来说，我的世界崩塌了。得知这个消息的那个晚上，我情绪崩溃了，完全丧失了理智。我借酒消愁，喝得烂醉如泥，喝醉之后痛哭不已。至今我还记得，我的舍友都被吓傻了，因为我的哀号声太过恐怖，舍友说："看见别人哭想要上去安慰她，但看到舍长哭，好想远离，太可怕了。"

那阵子我的魂没了，行尸走肉般活着，陷入各种自我怀疑当中，沉沦、堕落。旷课、喝酒、追剧、连续挂科。这样的状态持续了大半个学期。

写这段疯狂而悲惨的故事时，我仍会陷入各种情绪当中，但我不曾后悔过，因为这段难得的经历为我奠定了往后的诸多基础。不管是梦想上的，还是情感上的，如果没有经历挫折和失败，就永远无法真正成熟长大。后来每次遇到困难的时候，我都会问自己，现在有比大学那个阶段难吗？如果没有，那算什么困难呢？对我来说，只要能吃饱，都不算难。

这是我在追梦过程中的一次重大失败，因为这次失败我变得更加成熟了，我也明白自己的能力和眼界有限，那些不属于我能力范围内的事物，我还无法驾驭。有些本就不属于我的人，就应该要放下，放下他人也是放过自己。

无论是成为操盘手的梦想，还是关于情感的追求，我都爱过、恨过、哭过、笑过、努力过、挣扎过，最终走过、路过。生命如期而至，适时而走，这些都是上帝的馈赠。这就是人生旅途中的一段故事，无论当初多么刻骨铭心，终会被时光冲淡。

再次回首，我会感谢这段无可替代的经历，也会感谢这个阶段出现的人、事、物，如果没有他们的存在，我又如何成为更好的我呢？与此同时，我也会祝福这个阶段出现的所有人，因为他们不曾做错什么，每个人都在追求自己想要的生活，仅此而已。于我如此，于他们亦是如此。

二、学以致用的"可口可乐"销售员

人生是条抛物线，在上上下下不断来回波动着，经历过低谷的黑暗，一定会有触底的反弹。当我调整好自己的状态，再次站起来的时候，我又一次成了人群中的焦点。

大二那年，可口可乐公司来我们学校做首场"可口可乐"职场精英挑战赛。我和另外三位同学组成团队参赛。我们拿到了一等奖，还获得 2000 元的奖金。至于初赛是如何，我已经忘记了，我在往来的邮件中找到复赛和决赛的相关记录。

进入复赛的有 12 支队伍，将进行 10 天的活动精英培训，培训内容涉及演讲、基本商务礼仪穿着、应聘技巧和针对复赛运行的营销策划。培训过后，我们要写策划案，主题是在三周内，以销售可口可乐为主，进行销量、利润和活动执行及创新的比赛。每个团队都有 1000 元的启

获得第一名，拍照留念

动资金。活动期间要在指定地点进货可口可乐或芒果汁，比赛结果主要看各个团队的 KPI 考核完成情况。

我们团队名为 FunnyCola，在那三周内，我们找人拍摄团队宣传的视频和广告，并在学校的各个社交软件上广而告之。资料整合、市场调查、数据分析、写策划、做活动、销售，我们把市场营销课程中学到的知识活学活用。那时我们化身为送欢乐小组，每到下课点就在人流量比较大的食堂、宿舍门口摆摊。四五月份的厦门已进入夏天，为了进行差异化营销，我们专门购买冰块，借来大桶，制作冰镇可乐，还提供送货上门服务。

在 5 月 20 日那天，我们以"520 畅爽我青春"为主题制作一系列活动。三周后，主办方根据业绩情况筛选出 6 支团队进入决赛。

2013 年 6 月的某天，我们在图书馆报告厅进行决赛。决赛时各个团队要按抽签顺序上台进行营销比赛策划书的 PPT 演示，演示完由评委（企业精英教练、学校领导和可口可乐公司的高管）进行提问、评分。

决赛时团队展示部分，我们团队风格突出，风趣幽默，引起台下观众哄堂大笑。我们四个人穿统一定制的比赛服装，边喊口号边做动作的。组长喊："我们的口号是"，我们四个统一回答"我们是 FunnyCola，我们为可口可乐代言"，说到最后一句的时候，三个人手拿可乐，举过头顶。在"代言"字眼时另一个伙伴迅速从口袋掏出一袋食用盐，快速举起来。台下观众看到这个动作，瞬间"炸开了"，包括评委在内的所有人都笑了。

在 PPT 演示中，我们把这三周做活动的过程和结果都详细拆解。提问环节组长对答如流，所以我们团队获得那次"可口可乐"职场精英挑战赛的第一名，比赛奖品除了奖状、2000 元奖金之外，那次活动的销售收入也归我们所有。赢得比赛的那晚，我们四个都兴奋不已。

犹记得活动刚开始时我们经常挑灯夜战，讨论活动、制作方案。在销售环节，我们四个人又经常奔跑在宿舍楼内送货。不管这个过程付出了多少汗水，对于结果来说，这一切都是值得的。

而这次比赛对我来说，不仅仅是一场比赛，更是一次自我认可的挑战。经历过严重失败后的我，急需一次向自己和他人证明我能行的机会。这次活动也是市场营销课程学以致用的实践。实践出真知，课本学的知识都是理论，唯有把它运用到日常生活中才算真正掌握。并且这次比赛为我奠定了销售和创业的基础。大三时我会参与团队创业和大学毕业后会成为专业销售人员，或许都与这次活动有着密不可分的联系。

三、神秘的调酒师

大学期间，我曾看过一部名为《调酒师》的日本动漫。剧中温柔的男主拥有敏锐的观察力，可以根据每个客户来酒吧时不同的状态，为他们调制专属于他们的鸡尾酒。那些鸡尾酒有时会唤起人们的回忆，有时能治愈心灵的伤痛，有时能点燃人们内心深处的热情。其中有句台词这样说："吧台只是一条长木，调酒师才是一个酒吧的灵魂。"为此，我对调酒师这个职业充满了好奇和向往。

受这部动漫的影响，我开始研究鸡尾酒和调酒师这个职业。正巧那时学校的新食堂三楼对外招标，招聘团队设计经营方案。所以我和其他几个同学组成了辛诚团队，提出关于小酒吧和台球室为一体的StarBar。我们的策划入选之后，团队的小伙伴们聚在友惠的办公室讨论装修方案。由于酒吧部分是我提出来的，且团队中只有我对鸡尾酒有所了解，所以老板就花钱送我去培训，让我成为一名调酒师。

我通过网络渠道认识我的调酒老师，他在中山路开一家名为梦吧的小酒吧。我邀 BX 陪我去老师的酒吧，初入酒吧我们就被温馨的环

为舍友调制鸡尾酒

境和各式各样的酒所吸引。

初次上课时，我特别狂妄地告诉老师，回家之后我就可以把吧台上的所有酒都背下来。结果上第二堂课时，老师把所有酒全部重新打乱，让我看酒瓶分类。面对凌乱的酒瓶，我目瞪口呆，因为我只记各类酒的名称，并没有把酒名和瓶子结合在一起。看到这一幕，我只能低下傲娇的头颅，乖乖上课。一百多种酒，我用三节课才完全记住。上课、拿酒瓶详细观察、拍照、做笔记，下课后整理照片和笔记，做成文档，然后传到群共享，和我们团队的小伙伴们分享。

一个多月的时间，我这个路痴把中山路走到熟悉，把酒吧的环境混到自在。整个暑假，我的生活里都充满酒的味道，各式各样的酒瓶在我脑海里不断闪现。

有个下午，为了知道六种基酒（朗姆酒、伏特加、白兰地、威士忌、龙舌兰、金酒）的味道和差别，我一一品尝。六种基酒有各自独特的风味和口感，各具魅力。在调酒时，它们可以相互融合，也可以突显各自的特色，为鸡尾酒带来无尽的可能性。

我本人最喜欢龙舌兰，无论是以龙舌兰做基酒调制的玛格丽特，还是龙舌兰纯饮，我都很喜欢。其中龙舌兰纯饮最为独特。在手上的虎口撒点盐，舔一口盐，喝一口酒，再嚼块柠檬。舌尖上的盐粒如同细腻的沙漠之风，轻轻掠过，随后柠檬汁的酸涩涌上，刺激着味蕾，带来清新的果香。最后感受到龙舌兰的独特醇香，深沉而浓烈，如同墨西哥的烈日炙烤，温暖而持久。三者交织，在口中演绎了一场味觉的盛宴。

为了感受酒吧正式营业的气氛，我拉着好友在老师的酒吧里通宵。凌晨的中山路，我们两个像傻子般走在无人的街道上，又冷又困。

2013年8月31日，厦工食堂B座开幕，我们团队成员再次聚在一起，吃饭喝酒，大家心怀梦想，意气风发。吃完饭又继续忙碌，策划、看台球桌、找桌椅……大家都在认真做着手头上分配到的任务。

当一切准备就绪时，意外出现了。由于老板不够重视，装修进程赶不上我们的要求，原定开学就要正式开业的酒吧，愣是拖了两三个月，从夏天推到了秋天。好在台球室部分开始运营了。虽然我们有些失望，但并没有放弃。从那之后，食堂B座三楼（下文称为B3）成为我们的归处。没课的日子里，我们都会聚集在那里。

项目进程一直没有赶上我们的要求，计划被打乱，方案无法落实，所以台球室开业两三个月后，营收不达标，老板开始施压。压力之下，团队里有人被辞退了，有人主动退出，到最后，老板找了个新的团队接手。在这个项目中我起到关键性作用，所以老板并没有辞退我，而是希望我加入新团队。可人已经不是那群人，项目也不是最初的项目了，所以我选择了退出。StarBar成了一个进行到一半的梦。

对我来说，这又是一个悲伤的故事。离开团队之后，我还要教新团队的小伙伴们调酒。再次来到B3我有点落寞，因为吧台里的每件物品，大到每瓶酒，小到每根吸管，都是我亲手去整理和准备；每张台球桌我都擦过，也都打过；桌子上的塑料垫都是我擦好，铺上去的；分装好的花茶也安静地躺在抽屉里，一切都没有改变，但一切又都变了，我用几个月时间，亲手打造的地方不再属于我了。

人是种奇怪的动物，总会在不知不觉中产生感情，也会莫名其妙习惯别人的存在。等到自己发现对某些人、事、物心动时早已是后知后觉的事情了。而那时，大多是分别的时刻。心若一动，泪便是一行。一直自诩女强人的我，每次离别的时候都是哭哭啼啼的，实在不喜欢爱哭的自己。面临分别，我总会默默告诉自己"陪君醉笑三万场，永不诉离殇。"

离开 B3 后，我生了场病，一个人独自待在宿舍里。喝了几壶开水，看了几部治愈系电影，沉浸其中。大学三年以来，我最大的变化就是难过的时候不再大哭大闹，不再努力寻求外界帮忙，而是学会自救，和自己独处。关于过去，关于辛诚团队，关于 StarBar，暂且告一段落。无论经历多少次失败，无论怎样跌跌撞撞，我依然努力，不会停止，不会放弃，只是当下那一刻，我需要暂时停下来好好休息。

新团队营业时，我在那里调过几天酒，也为每个舍友调制一杯专属于她们的鸡尾酒。不管怎么说，那个小酒吧是我一手创办的，所以我每次去都能得到优待。我在那里为客户调制过一款名为"初恋"的鸡尾酒，酸甜苦辣咸，每个人的味道是不同的，就如每个人对初恋的感受不尽相同一般。

这里成全了我对调酒师的向往，站在吧台内，面对几十种不同的酒，我心中仍是成就感满满。当我听到朋友说我调的酒好喝且特别时，我更加觉得所有的经历都是值得的。后来我买了房子，我家先生特意在家中为我定制专业的酒架，我也配置了一套完整的调酒工具。当我想要小酌的时候，也会为自己调上一杯。

不过，我学到的远不止于此，这段经历让我多了许多不同的体验。在这个过程中，无论是否有老板存在，我做事情都是尽心尽力，并且亲力亲为的。计划书是我写的，成本是我核算的，酒是我买的，酒吧里所有原材料也都是我一手操办的，这相当于我自己在创业。此外，我一直都是带薪工作，这就解决了我的生存问题。所以我很感谢那时的团队和老板，是他们给我锻炼的机会，让我成为一名调酒师，也让我经历了一次创业的过程。

四、国学亲子教育的志愿者

有人说很佩服我，因为我经历过很多事情，也曾叛逆堕落过，但

我

我还能保持积极向上的态度，浑身充满正能量。其实他们不知道，我能成为今天的我，是因为成长路上身边出现的许多贵人，他们都是我的良师益友，因为他们的存在，我才能向阳而生，向上而行。

整个大学生涯中，我最为骄傲的一件事情是在两位恩师的带领下，成为一名国学亲子教育的志愿者。骄傲不是因为做公益有多了不起，而是我也能够力所能及做一些助己助人的事情。

大二那年，我在小姨家看到表弟读的《论语》和《大学》，很是喜欢，询问小姨那套书在哪里买的，小姨和我说起国学亲子读书营。当天下午正好有活动，小姨带我一起去，就这样我认识了两位恩师。受教育影响，我一直有"穷则独善其身，达则兼济天下"的想法，可在我还未"飞黄腾达"之时，我也想尽己所能做些有意义的事情。所以认识恩师之后，我开始跟着他们一起做国学亲子教育的志愿者。

两位恩师是夫妻，为了完成他们老师的梦想，两人从台湾来厦门开办亲子共读的国学班。厦门各个区都有他们的学生，从最初的家庭式小班，到常规班，再到后来的暑期训练营。每次培训、每堂课程和每个暑期训练营都是免费教学。

整个大学期间，我有空就会跟在他们身后帮忙做点小事情。刚开始接触他们时我心有疑惑，因为非常的他们谦卑和恭敬，我甚至怀疑过他们的真诚和无私。在这之前，我不曾遇见过这样无私的人，一心对别人好，不求回报。"路遥知马力，日久见人心"，和他们长时间相处之后我才明白生活中真的有伟大的人。

我和恩师聊天时，她有段话我熟记于心，她说："你做好自己想做的事情就好，不要太在意别人是怎么看你的，如果他们觉得你的恭敬和真诚是假的，是装的，那么你要对自己说'没有关系，如果你觉得我是装的，那么我就装一辈子给你看'"。听完这段话，一股敬佩之情油然而生。

当时我觉得自己过于平凡和普通，没有他们高尚，做不到他们那般无私，但我还是跟着他们做一些细微的事情。和他们生活久了，看到他们生活中的方方面面，我发现原来他们并不是遥不可及的偶像，而是普通的师长。其实只要我们有心，就可以温暖他人，哪怕是一句温馨的问候，一个温暖的微笑或是一个鼓励的拥抱。

两位恩师言行举止都很低调，他们不愿意多说自己做的事情。当年有个学长想拍一部微电影，他让我写剧本，我想把他们的故事写出来拍成电影，但是恩师拒绝了，他们不仅拒绝我，还拒绝了厦门电视台的记者。他们用实际行动默默付出，不求回报，更不求名利。这就是最难能可贵的。可有些故事一定要有人懂，不管别人怎样看，我都想记录这份温暖和感动。

我还记得自己初次穿上志愿者服装时的感动，第一次面对家长和小朋友们带读时的紧张，以及看到所有家长和孩子齐声共读圣贤经典时的震撼。每次上课前，我们都要先向孔老夫子行礼，三鞠躬。落座之后，小朋友们恭恭敬敬，一字一句，大声朗诵，而家长们也都放下手头上繁忙的工作，或是放弃休息娱乐的时间，静下心来，陪孩子一起学习、一起成长。这样的场景既温馨又美好。我也常想如果小时候我的父母能陪我一起读书该多幸福啊。可那时家中条件有限，没有这样的机会，所以现在我会更加珍惜当志愿者的时光,陪孩子们一起成长。

老师常和我们说要心存感恩，感谢身边遇见的每个人。以前我听到"感恩"这两个字总觉得虚幻，不够真实，但和他们相处的日子里，他们用实际行动告诉我该怎么做。我在学堂里见过的所有老师都是面带微笑，温和有礼，常把"谢谢"挂在嘴边的。在这样的氛围中，我对感恩有了不一样的认知。

　　两位恩师是我生命中非常重要的贵人，他们把我当成自己的孩子那般照顾。他们看得见我的存在和价值，每次见面都会给我不同的鼓励和肯定，并且愿意带着我成长。那时只要有学习的机会，他们都会带上我。我和他们一起去过金门、台湾和澳门。

　　此外，他们也曾为了我，特意从厦门包车到大田去看望我的父母。我还记得恩师和我说："我们想去看望你的父母，你问他们方不方便。他们是优秀的父母，能够把你和你哥哥都教育得这么好。"对我特别好的老师很多，但是特意去看望我父母的，仅有两位恩师。我一辈子都会记得当初的那份感动，我也会记得我父母见到他们时的欣喜。

　　之前我都是一个人在努力、在奋斗，不知道方向和目的，所以经常走弯路，遇见恩师之后他们给我指了一条明路，让我成为更好的自己。他们在厦门给了我一个"家"，在这个家庭里有各式各样的人，来自不同的地方、不同的家庭。有家长、有老师、有孩子、也有长辈。虽然每个人都有各自的烦恼和困难，但是我们相互鼓励，一起加油，不曾放弃，也不忘感恩。这种充满爱的氛围潜移默化影响了我，让我成为传递爱的一分子。

　　从 2013 年开始，至今十年了，我既是国学亲子教育的志愿者，也是受益者。受老师们的影响，我一直在持续学习和做各方面的公益。当我认识我家王先生时，我第一时间就带他去认识我的恩师们。王先生还和我一起当过志愿者。

　　受疫情影响，恩师们没办法来办暑假训练营。终于等到春暖花开，疫情结束，他们回来了。2023 年 8 月 19 日，我又是一名志愿者。

　　时隔十年，虽然我从一名大学生变成了一位母亲，但我依然是我，也还在带着小朋友们成长。而十年前的学员也变成了这次活动的志愿者，开始服务下一代。这就是传承的力量。少年强，则国强，若所有孩子都能从小学习传统文化，我们的国学经典就会一直延续，也会有更多家庭因此而受益。我们接过爱的接力棒，用自己的行动，服务一代又一代。

五、不断体验生活的兼职人员

因为我曾不顾一切追求梦想，最终搞得自己狼狈不堪，没钱吃饭，所以我的整个大学生涯都在为生存而努力。生存第一步就是要解决吃饭问题，因此我一直在做兼职赚钱。

对于兼职我有自己的想法，我既想赚钱，又希望所做之事对今后的发展有所帮助，所以我会选择自己喜欢或者觉得有价值、有意义的兼职。

和大多数大学生一样，我做过家教，也做过教育培训机构里的老师，所以我的大学有很长一段时间是和小朋友们待在一起的。小朋友的世界充满欢声笑语，对他们而言，幸福很简单，只要一张贴纸，一根棒棒糖，或是一句赞美的话。因为长期和他们待在一起，我一直保持一颗童心，对万事万物充满好奇，也和他们一起探索和成长，一起研究更适合他们的学习方式。因为这些经历，我在考家庭教育指导师时毫不费力。此外当我为人母时，我比别人多了一份从容和淡定。

从兴趣爱好方面来说，行万里路一直是我心中所想所爱。刚到厦门时，我每周末都会约上三五个好友，游玩厦门。为了更好地认识厦门，我的兼职中有一项短期导游的项目。每到春、秋时分，厦门的中小学都会组织春、秋游，这时旅行社会招募一些带孩子游玩的兼职。作为导游，我们带孩子去逛景点时自身是免门票费用的。孩子们野餐时会带各种小吃和零食，他们还会主动地和我分享，所以我很喜欢带这类的团。而我要做的就是保证孩子们安全的同时，带他们一起玩耍。

因为做过多次短期导游，我深入认识了厦门这个城市，我去过的很多地方是当地人都未曾去过的。厦门的美体现在日常生活当中，你出门遇见的都是风景。一年四季，厦门都是春暖花开的模样。当你想看海的时候，出门就有海；你想爬山的时候，到处都有山；你想找个地方野餐时，随处可见的公园就能满足你的想法。也是在这期间我深深爱上了厦门这座城市。所以当我大学毕业后，我义无反顾地留在这里。2018 年我在厦门买了房子，实现了在厦门安家落户的想法。

兴趣爱好很重要，但知道自己擅长什么同样很重要。因为长期坚持阅读和写作，我对文字比较敏感，所以我还曾兼职担任过游戏公司的新闻推广人员。新游戏开服前，我需要试玩这款游戏，根据游戏的种类和特点写出相关的推广文案，发布开服新闻，再根据游戏性质和通关情况发送相对应的礼包。这份工作巩固和夯实了我的文字表达力，为我的写作之路奠定了一定的基础。此外，还锻炼了我的营销策划能力。同时我对游戏行业有了浅显的了解，对玩游戏的人也有了一份新的认知。

此外我还做过团队拓展公司和小额贷款公司的电话销售人员。团队拓展公司的业务是打电话到各家公司了解是否有团队拓展的需要，我们提供全套的团队拓展方案，其中包括场地、项目、住宿、拓展教练的支持等，一条龙服务。而小额贷款公司则是大家最经常接到的"骚扰"电话。

在这两份兼职中我印象最深的莫过于小额贷款公司的电话销售工作。这是我大四上学期的实习工作。领导要求我们每天要打 150 个有效电话，电话接通，通话超过一分钟的才叫有效电话，所以我一天要打近 300 个电话才能达到工作要求。

或许所有销售方式中大家最不待见的就是电话销售，我们不知道电话拨出去之后对方会说什么，所以每次打电话之前都要先做很久的心理建设。我遇见过说我是骗子的，遇见过破口大骂的，也遇见很多有礼貌说"不用了，谢谢"的，当然也有手头资金紧缺的人咨询相关业务。

贷款主要分为抵押贷和信用贷两种。抵押贷是用房子、车子或者厂房这类资产作为抵押的贷款，利率相对较低一些。而信用贷则是根据工作单位、交医保社保（或公积金）的情况、工作性质、年限等多种因素评估贷款的资质，这类贷款的利率会稍高一些。此外公司也有提供一些过桥垫资的服务。

那是我大学期间每天工作时间最长的，早上八点半上班，先是开会，然后安排一天的工作，接着打电话。吃饭和午休的时间一个小时左右，而后要出门发宣传单。发完传单再回来打电话，傍晚要开总结会，晚上还经常加班培训。下班到家大多已经是晚上八九点钟了。累瘫的我时常倒头就睡，啥事也不想做了。

这份工作持续一个多月后我的身体吃不消了，开始频繁胃痛。而后发生了一件事情，让我毅然决然地辞职了。面试时面试人员说无责任底薪 1500 元，做业务有额外的抽成。可我进公司不久就开始实行有责任底薪制，没有通过考核要扣工资，还增加了末尾淘汰制。

某天发工资时，一个比我早两个月进公司的同事情绪低落地坐在自己的工位上，我问他怎么了，他也不回答，只是盯着桌上的工资条。我顺手拿起来一看，一排密密麻麻的数字，最后一栏显示八百多元。我愣住了，心想这就是他这个月的工资吗？我拿起来仔细研究了几遍，确认我的想法。不知为何，看到这个数字我突然觉得特别难过，眼泪流了下来。我同事吓到了，他问我："这又不是你的工资，你莫名其妙哭什么？"是啊，这又不是我的工资，我哭什么呢？

成年人有时很脆弱，会在某个不经意的瞬间情绪崩溃。我回想起这一个多月的实习生活，我们每天早出晚归，所有时间和精力都扑在工作上，忙到没空和家人联系，没能和亲朋好友约饭，就连身体都吃不消了，时不时就胃痛。可我们得到了什么？就是那点少得可怜的工资？那一刻，我突然觉得生活看不见希望了。我问自己，大学四年拼尽所有，不断奋斗的结果就是这几百元，或是一千多元的工资吗？那我未来的出路又在哪里呢？一时间，我脑海里闪现了无数的问题，所以泪流满面。哭了近半个小时之后，我决定辞职了。

我的运气特别好，我遇见的所有老板对我都很好，包括这家小额贷款公司的老板。我进公司不久，公司举办了一次关于业务和发展的演讲比赛。我第一时间就报名参加比赛了。为此我特意找几个领导和资深同事了解公司的发展历史，并进行整理、归纳和总结。作为新人我获得了那次演讲比赛的第三名，领导对我赞赏有加。

第一天上班，我就有意向客户。因为贷款的周期比较长，所以我离职时手头上有好几个客户正在走贷款流程。我离职前一晚是公司五周年晚宴，作为一个入职不到两个月的新人，因为我对公司的业务特别熟悉，领导特意安排我做桌长，服务长期跟随的老客户。当我提出离职时领导觉得惋惜，好几次挽留，但我已经非常明确这不是我想要的生活，所以毫不犹豫地离开了。

两次电话销售的工作让我对自己有了更深的认知，我清楚地知道自己要什么，不要什么。我是个追求实现自我价值的人，所以我所做的工作必须体现我的价值所在，还需要满足我的成长要求。从那之后，我找工作一定有两个要求，第一个是要自由，我的身体受不了长期加班的生活；第二个是工资要能体现我的价值所在，我接受不了付出所有时间和精力得到的却是低价值回报。此外我开始特别关注平台发展的稳定性，我所处的平台必须能够给我提供持续成长的机会。所以大学毕业后我主动选择加入保险行业的龙头老大中国人寿。

时光荏苒，今年已是我从业的第九个年头了。俗话说得好，背靠大树好乘凉。借助中国人寿这个平台，我成了公司的销售精英，还成了中国人寿的星级导师。这期间，我跟随公司走过许多城市，还实现了我的"名校梦"。在这里，我们靠实力说话，工资多少也是由自己的能力和努力程度来决定的。我记得第一个月的工资是4280.28元，第二个月是8375.48元。从业期间内，我曾多次月入10万+。

不同兼职给我带来了不一样的成长。那些看起来毫无关联的事情，其实背后都有千丝万缕的联系，这些联系最终形成了我今天的生活。所以大学时期的兼职对每个大学生来说，都是至关重要的。每次兼职都是一种经历和体验，这些体验能帮你更好地认识自己，让你知道自己想要什么，不想要什么，擅长什么，不擅长什么。

在香港富通保险集团学习

大学时期的试错成本相对较低，我们可以多做各方面的尝试。尺有所短，寸有所长，当我们能够借助自己所长发光发热时，我们就有更多的机会去弥补自己的短板，从而不断提高我们的综合素质，这样面对未来我们可以有更多的选择性。

六、假期里，做个"登高望远"的行者

大学之前，我到过最远的地方就是厦门，后来我就留在厦门读大学了。大学之后，我像匹脱缰的野马，开始放飞自我，只要有机会就会出发。

大一时，于丹教授曾经来我们学校做过一次演讲，她的演讲十分精彩，我至今印象深刻。她说"登上什么样的山，你就会有怎样的境界和感悟"，她让我们要建立一个大自我，有所担当，人应在顶天立地中不断更新自我。我们要扩大自己的格局，格局大了你就知道自己想要的到底是什么。

当她慷慨激昂地说："被云雾锁住的时候只有一个原因，那就是你站得还不够高，要努力走向高处，阳光一定在不远的地方。"那时，我觉得所有的困难都不是困难了，因为我知道我站得不够高，走得不够远，所以我该做的就是努力让自己站得更高，走得更远，经历得更多。

而这个"高"字不仅是物理的高度，也不止是地位上的高度，还包括心灵上的高度。所以大学期间，我竭尽全力抓住所有能提升自我的机会，抓住所有能出去看世界的机会向外走，只为让自己能够登高望远。

大学里的所有假期我大多漂泊在外，所以我称自己为"行者"。虽然走过的地方仍非常有限，但终是成全了自己想要看世界的心愿。很多人对我的印象是胆子很大，敢闯、敢拼，因为我的出行有大半都是独自出发。

大学的周末我不曾闲过，总是行走在厦门的某个角落里。鼓浪屿、中山路、湿地公园、厦门大学等等。我走在厦门的大街小巷中，感受这个城市的生活气息，体验不同风景带来的岁月静好。我就是从那时开始爱上这个美丽的文明城市。

大一的清明节，我去福州见了诸多初高中同学，和大家一起逛大学城，闺蜜还给我拍了许多照片留作纪念。福州是福建的省会，高校林立，文化历史悠久，由于假期较短，我并没有深入游玩。不过那时我出发的目的并不是为了游玩，而是会见友人。

至今我还记得大家齐聚一堂，欢声笑语的场景。"恰同学少年，风华正茂；书生意气，挥斥方遒。指点江山，激扬文字，粪土当年万户侯……"这就是青春最美好的回忆，少了高考的压力，我们的身上多了一份自在与洒脱。

大一暑假，我坐七八个小时的大巴去东莞找亲戚，那是我第一次

大三国庆，去澳门学习，游览威尼斯人

爱的力量

一个人出远门，有点期待，也有点忐忑。夜半三更时我到了东莞，司机赶我下车，班车随之离去，留下我在黑夜中独自凌乱。下车后，我第一时间联系堂哥，让他来接我。黄江到我下车的地方有半个多小时的车程，我恐慌地站在黑夜里等待时间流逝，一边不安，一边警惕地看着周边几个和我同时下车的乘客。

我是个特别幸运的人，我的幸运有大半体现在我路上遇到的陌生人都特别友好。有个和我年龄相仿的女孩子看出了我的害怕，开始和我聊天。她先介绍自己的情况，然后我俩你一言我一语聊了起来。堂哥到后我就上车了，并没有和那个女孩子互留联系方式，因为我们都知道，我们之间只是一面之缘。大半个小时的时间里，是这个萍水相逢的女子带给我一份勇气。以至于十几年过去了，我还记得她的存在，仍会感谢她的出现给我带来的那份温暖。

那时我报了个游学的暑期营，要去香港的富通保险集团实习。富通保险集团是一家财富 500 强的保险公司。我是在网上报名这个项目的，所以和我一起学习的是来自五湖四海的本科生，也有个别研究生。出发前我在网上联系到了其他三个小伙伴，我们相约在深圳一起过关。

香港是个国际金融中心，在这里聚集了大量金融界的精英人士，每个人都是西装革履，风光无限。我们在中环参观汇丰银行和富通保险集团，学习了风险管理和理财规划的课程。课程中一个名为《留爱不留债》的视频让我深受震撼，也是这个视频在我的脑海里种下了保险的种子。我第一次意识到生活会有突如其来的风险，无论是疾病还是意外都会对一个家庭产生巨大的伤害，如果没有提前做风险规划，因病致贫或因意外致贫的情况是再正常不过的事情。

统一培训完后，小组要通过各种各样的形式为营销策划做市场调研。我们在海港城的大街上做关于保险和理财的问卷调查。之后各个小组根据课程培训内容和调研结果，写策划书、做PPT、进行理财产品营销策划的比赛。当初比赛的结果是怎么样的我忘记了，我只记得研习结束之后我拿到了结业证书。

学习之余，我们一起去逛美丽的维多利亚港，欣赏夜色朦胧下的灯火辉煌。我们还去了兰桂坊的酒吧喝酒，深入感受香港夜生活的丰富多彩。当时我们住在油麻地，那里港式老街的生活气息特别浓郁。街道狭窄而热闹，两旁商铺林立，各式各样的商品琳琅满目。我们每天穿行在繁忙的街道上，感受着这座城市的脉搏。

对我来说，那次香港实习既开阔了我的眼界，也扩大了我的格局。我走出自己的生活圈，感受外面世界的丰富精彩。我看到商业精英神采奕奕的工作状态和不一样的风土人情。也是因为这次实习我对保险有了更深的认知。

借此我要感谢当初一起学习的小伙伴。那是我第一次出境学习，也是第一次和陌生网友长时间相处，这期间大家都特别照顾我。我记得香港的空调开得非常冷，没有经验的我穿了夏季的制服，所以冷得瑟瑟发抖，铭哥特意脱下自己的西服借我。至今想起，依然是种感动。

大二暑假我和老师们去金门学习，虽然金门和厦门隔海相望，但人文风光完全不同。大三国庆我去澳门学习，学习之余，我们漫步在澳门的老街小巷中，这里的建筑色彩斑斓，充满了异国风情。此外，大三巴的历史，威尼斯人的欧洲风情，渔人码头的夜生活，这些景点都成了我难忘的回忆。

大三暑假我最为疯狂，独自一人去新加坡见网友，参观了新加坡国立大学，感受名校的与众不同。此外还和老师们去了趟台湾，游垦丁、逛夜市、看日月潭。

大四去了北京、天津和哈尔滨，身为南方人，我终于北上，在冰天雪地里玩耍。

走过的每条路，看过的每处风景，遇见过的每个人，他们都能无意间拓宽我的视野，扩大我的格局，增加我生命的厚度。这些事情看起来都是独立的事件，可就是这些独立的小事件构成了我整体的生活。它们的存在影响了我今后做的每个决定，而我则是在各种决定和选择中不断成长。

七、自由自在的大学生

说起大学，我最想讲的就是自由。没有高考的压力，没有父母的管束，也没有老师不断的叮嘱，我们可以开开心心做自己。虽然有迷茫，虽然偶尔也会放纵，但这个阶段是实实在在的自我成长，也是不断探索自我的过程。

自由常与自律有关，而我的自律体现在运动方面。我是个运动型女孩子，尝试过各种各样的运动，也因此不断自我挑战。高中三年，我每年都参加运动会，许多项目都尝试过，并且拿了不少奖状回家。

许是看过许多武侠小说的原因，我的心中有个侠女版本的自己。所以大一的体育课我选择的是武术。至今还记得老师第一堂课所说："我们习武之人，最重要的是要有武德。"因为喜欢，所以我上课特别认真，还参与了运动会开幕的"百人舞太极剑"的表演。

大一的运动会我居然挑战了110米栏，虽然过程惨不忍睹，但我总能成为鼓舞人心的那个，比赛最后一名，却赢得了全场的掌声。说来我真的是勇气可嘉，身高才一米五三，竟敢挑战高难度项目，并且我还真的跨过了那个栏。

此外，整个大学期间，我都在坚持运动，跳操、打球、健身……包括现在，我仍会隔三岔五出现在运动场上。

每个人对自由的定义不同，我的自由还体现在我的学习方面。我就读的学校是原来三本，后来改为二本的大学，是个普通大学。为了得到更好的教育资源，我常去其他大学蹭课。我在厦门理工蹭过创业类课程，在集美大学财经学院蹭过投资类课程，甚至我还常出现在厦门大学的校园里。

人脉就是资源，我大学时期能到处蹭课，是因为我常参加各类活动，认识了来自不同大学的朋友。我哥是厦大博士生，因为他我常常可以到厦大游玩。也是因为他，我认识了许多厦大的朋友，会和他们一起练武、露营、打高尔夫、泡图书馆等。大学毕业时，我还在厦大拍了一组毕业照。

大学的校园生活也是比较自由的，除了上课之外，我最常去的地方是校园里的草地和图书馆。大学阶段，我常和隔壁宿舍的 BX 约好早起，吃完早饭后我们会去逛校园的羊肠小道，在阳光下晨读。我看

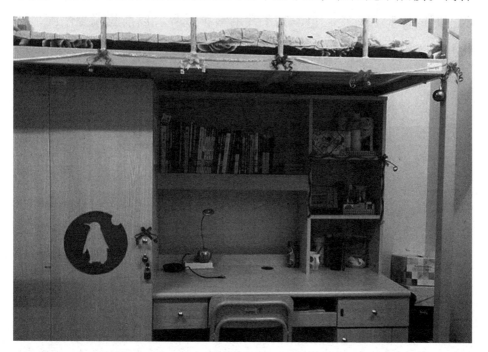

大学宿舍里，属于我的位子

过一本书，书中说："钢筋水泥释放的都是阳离子，花草树木和泥土释放的是负离子，身体要阴阳平衡，所以我们要多抽些时间和花草树木待在一起。"从那之后，我每天都会抽时间和学校的花花草草相伴。阳光下，我懒洋洋地躺在草地上，全身心地感受鸟语花香带来的幸福感。

此外，我有大半的时间花在学校的图书馆里。每当生活或学习上遇到问题时，我就会"钻进"书里找答案。当我要学习某项专业知识时，我会找一系列相关的书籍，进行集中性阅读，这样能让我快速了解某种知识或某项技能。大一炒股时，我看的书大多与股市有关；大二比赛时，我看的书和营销类有关；大三开酒吧，我看的又和酒有关；等到大四了，心野了，想要到处旅行，我看的书又偏向游记类。

当然，我不仅看有用的书，还看感兴趣的书。三毛的书我整套都看过，也看了些人物传记，还有我一直喜爱的心理学。不同的书给了我不同的体验和感受，也丰富了我的精神世界。以前我偏爱热闹，喜欢和好友聚在一起，谈天说地，但在图书馆的日子里，我学会了独处，独处更能够照见真实的自己。

自由是相对的，大学也有大学必须要做的事情，该上的课要上，该修的学分也要修，该完成的作业同样要完成，只是大学有更多时间可以让我们去探索、去体验。我们还可以用自己喜欢的方式，去完成我们必须完成的任务。

八、好好谈一场校园里的恋爱

好的恋爱可以让人遇见更好、更真实的自己，让我们知道自身的独一无二、与众不同。但很多人却在恋爱中迷失自我，而我就是迷失中的一个。所谓的迷失其实不过是某个阶段的考验，过了那个坎，便能成就更完整的自己。感情这道坎，一定得过，才能更好地向前走。

在没有遇见我家王先生之前，我不懂什么是真正的爱情，因为我的爱里要么没有对方的影子，要么全世界都是对方的样子。那时我也不懂真正的爱情是势均力敌的，是可以照亮彼此的。

我是在男生堆里长大的女孩子，我常说自己的性格像男孩子，可一旦谈起恋爱，我就成了不折不扣的小女生。撇开情感不说，我做事干净利落，但若说起情感，就是执迷不悟。似乎我所有的黑历史都和情感有关。

我是个敢爱敢恨的女孩子，矜持这个词好像和我没有多大关系，但凡我遇见自己喜欢的男孩子，我一定会说，不仅会说，我还会追。

母亲对我的管教一直很严格，我读高中时她曾对我说："你一定不能早恋，如果被我知道你早恋，我会打断你的腿。"青春期的我叛逆得不得了，凡事都和母亲对着干，她越不让我做的事情，我越会去做，所以我在高中就开始谈恋爱了。高考后，母亲和我说："我知道你谈了一个，你带回来让我们看看吧，"然后我真的把那时的男朋友带回家了。

我大学里的恋爱是从这个男生开始的，只不过从一开始，我们就是异地恋，我在厦门读书，他在北方读书，我们之间间隔了"十万八千里"。我平日喜欢独处，可谈恋爱后就像换了个人一般，总希望对方能够陪伴在我身边，风雨同舟，并肩而行。因为异地恋的原因，这段感情并没有维持太久。

我进大学之后便开始追梦，大部分的时间和精力都花在股市里，留给他的时间比较少。我走得太快了，一不小心把他忘在了身后。分手之后，我们仍是朋友，会分享彼此成长的故事。在我有限的情感经历当中，他是对我极好的一个，以至于他成家立之后，他老婆初次见我就问我，当初我们为什么会分手？缘分使然，有些人注定只能陪你走一段路，这段路走过了，自然就会离开。

过了许久之后，我在厦门理工蹭课时遇见一个学服装设计的男孩子,开启了一段新的恋情。受他影响,我在大学期间还学过一阵子素描。因为不在同一个学校,再加上我忙于追求自己的梦想,所以平日很少见面,即使见面相处的时间也不长,以至于这段感情开始没有多久就无疾而终了。尽管如此,我还会记得他曾带来的温暖,毕竟这是我在大学校园里第一次正儿八经地谈恋爱。

其实大学校园的环境特别适合谈恋爱,河边杨柳依依,我们躺在夕阳下,有一句没一句地聊着未来,温暖而美好。

再后来,身边来来往往很多人,也曾心动过,却没再正式谈恋爱了。直到大四那年,在网络上遇见了我家王先生,从此我的生活开始变得不一样。王先生像缕阳光照亮了我的世界。

我和王先生在福州游玩,摄影师:木头

王先生初次来厦门时，正好我们学校有场招聘会，我带他一起逛校园。后来我毕业答辩时也带上了他。就此，这个没有参与过我大学生活，甚至没有过大学生活的男人，成了我的先生。

大学毕业不久我就订婚了，而后结婚生子。遇见王先生之后，我用最短的时间在厦门成家立业。他的出现成了我大学生涯中最满意的一份答卷。

大学阶段是恋爱的最佳时间，我们都已成年，学业不重，有更多时间可以经历和体验。若大学期间的恋爱能够修成正果，毕业之后就有了属于自己的小家。成家立业，成了家，定了心，就能好好立业。

当然，这只是我个人的看法，每个人都有属于自己的生活节奏，只要按照自己喜欢的节奏，过好自己的生活就是一件最为幸福的事情。

这就是我所谓的"八年"大学生活，时间上仅有四年，但我活出了"八年"般的经历。为何我要在这本书中花大量的篇章来写我的大学生活？因为我想让更多人知道大学可以有不一样的生活方式。大学是个造梦的地方，也是个追梦的地方。在这里，只要你有想法、有精力、想体验，你就可以过上丰富多彩的生活。

无论是沉迷股市中不能自拔的我，还是为了比赛卖可乐的我；无论是站在吧台里调酒的我，还是活跃在孩子身边做志愿者的我；无论是到处体验生活的我，还是行走在路上的我；无论是追求自由的我，还是在情感中走过路过的我，这些都最真实的我，也是身处大学生涯的我。

每一项经历都是一次无可替代的体验，每一种感受都是当下最好的感受，而这期间遇见的每一个人都是最好的相遇。我在这些故事中成长，创造出属于自己的独一无二的生活。

每个人的大学生活都是不一样的，无论你怎样过，都会拿到最适合自己的结果，而我能分享的也只是我自己的经历而已，这段经历仅供大家参考。若正处于大学生涯中的你，或是还未上大学的你，看到这篇文章能因此有点自己的看法、想法和期许，那我的分享就有了不一样的价值。

■ 为何人人都有一个名校梦——北大游学有感

阳光下，我走在未名湖畔，清风拂面，杨柳依依，这一刻，我感受到了岁月静好，现世安稳。作为北大短期的学子，我开始爱上了这座美丽的学校。

小时候，我们每个人都曾有过一个名校梦，外有哈佛牛津，内有清华北大。可为什么我们都渴望进入名校呢？那时候我不懂，现在我好像明白了，或许有以下几点原因。

1.最好的教育，最好的资源

环境在很大程度上会决定一个人的发展，名校有最好的教育资源和学习环境。北大的周建波教授曾经说过北大的学生是经过选拔的，都是阳光向上，热爱学习的。其实不仅是北大，所有名校的学生和老师都是经过选拔的，学校等级越高，选拔的门槛也越高。这样就能从整体上提高师生质量。最好的学生，最好的老师，自然容易出最好的结果。关于这点我深有感触。

我听了北大张延教授的《当前宏观经济形势分析》和《消费者心理分析》被惊艳到了。我大学学的是国贸专业，听过不同老师上经济学，但没有一个像张教授这样教授经济学的。她的方式让人耳目一新，她讲的经济学中加入了心理学、灵活性等方面的知识。她做的 PPT 更是让人赏心悦目。有背景音乐，有大量的经典案例分析，中间穿插了各种幽默搞笑的小视频，还有许多有趣的网络段子，她把专业术语多又特别拗口的经济学讲得通俗易懂。

在授课过程中她多次互动，引导大家进行思考。在讲解为何要学专业经济学的原因中她举了这么一个例子"鸟儿没有学过空气动力学也能飞翔，但是火箭运用了空气动力学原理可以飞得更高更远"。从而引出学习专业经济学是为了让我们自身达到更高的高度，走到更远的地方，遇到更好的自己。学习不仅要知其然，更要知其所以然，我终于懂了。

在另外的课程中，周教授提到了教学相长。他说学生积极向上，热爱学习的正能量会传递给老师，从而老师会以更好的状态教学生，并在教学的过程中提升自己。这就形成了一个良性循环。

与此同时，名校的等级越高，配备的硬件软件设施也会越先进、越高级，从而创造了更加优质的教育环境。我去过的第一个名校是新加坡国立大学，亚洲数一数二的名校。参观新加坡国立大学时我被震撼到了，从环境到设施无一不让我惊叹，那时的我确确实实感受到了名校和普通大学的区别。

2.最好的人脉，最好的圈子

物以类聚，人以群分，名校出来的学子很多都是各行各业的精英，这就意味着在名校读书我们有更优质的人脉和社交圈。而这对于工作来说是非常重要的，好的圈子就意味着更好的发展机会。这个社会是平等交换的社会，也是个具有能量的社会，只有同频才能共振。

现阶段的社群文化盛行，我们必须走进一个圈子，然后成为圈内的"自己人"才有可能获得圈内的有效社交。而这个社群和我们所处的环境是息息相关的，上到国家，中到各地的商会，学校的校友会；下到一个家族、一群兴趣相投的好友组建的社团。从你进入名校的那一刻开始，你就理所应当地成了他们其中的一分子，只要用心经营，就可以有无限的收获。

3.更高的眼界，更大的格局

进入大学之前我们的眼界和格局大多和我们的家庭环境有关，进入大学之后，我们的眼界和格局与我们学校的等级有关。

读万卷书，行万里路是最好开阔眼界和扩大格局的方式，这两种方式是相辅相成的。读万卷书的人需要通过行万里路来消化吸收，行万里路的人需要通过读万卷书把经验上升到知识理论层面来。

因此，出生富贵家庭的孩子比较有经济能力行万里路，但是出生寒门或者家庭经济一般的孩子很多是没有经济条件行万里路的。就我而言，读大学之前我去过最远的地方就是厦门，大学期间才开始行走于山水之间（目前只走过十几个城市而已，所以行万里路仍是目标）。

名校有更好的图书馆，更多的藏书，和更多外出交流的机会。而读书和旅行都会在无形之中提升自己的综合素质。

以上三点是我个人的想法。当然，肯定不止这三点，不同的人会因为不同的原因想成为名校学子。我之前心目中的名校是厦大，只可惜自己的学习能力达不到厦大的门槛要求，而后去了华侨大学厦门工学院。因为我的大学生活过得很圆满，所以即使有遗憾，我也不后悔。

我很幸运，学生时代没有实现的名校梦，中国人寿帮我实现了，这次是公司送我来北大游学的。我知道很多人不认可这种短期的游学，尤其是高才生。当初我和哥哥聊起这次游学机会时他就不以为然，他是厦大博士生，现在在美国留学，所以对他而言没太多意义，但是对我而言就有所不同了。

这次北大游学周教授对中国文化和国外文化的分析解读，让我明白了为何中国父母和外国父母对孩子教育方式差别如此之大，也明白了中国人和外国人各种行为背后的原因。

中国文化重视家庭，重视血缘关系，讲究仁义礼智信，讲究忠孝，

爱 的 力 量

2018 年，我在未名湖畔，博雅塔下，静静欣赏北大的校园美景

游学结束，我在北大图书馆前留影

所以才有百善孝为先的说法。外国文化重社区、社团、社会，重视超越血缘关系的博爱，崇尚民主和自由。此外，他讲哲学要用辩证思维看待问题，解析穷人和富人各自的优缺点，还分析了不同阶层的特殊价值观，这些都让我大开眼界。

国家一级企业培训师许荣富的《情商领导力》让我对情商有了新的认识和了解。情商不是会说话，而是运用合理的语言和恰当的态度来推动事件的发展。

他讲述夫妻双方生活模式的案例对我具有启发性，我开始反省自己是否是那个遇事不肯认错的人。家不是讲理的地方，而是讲情的地方。

生活中遇到不如意之事要先处理心情，再处理事情。先分析心态，再分析事态。他教我们如何成为情绪的教练，七个方法，七种心态。这些都为无知的我指明方向，让我有章可循，也让我明白自己才是一切的根本。你变了，你的世界就变了。

来北京游学之前我被各种琐事困扰，眼里只有生活的苟且，心越来越小，事就越来越大了，成了过不去的坎，解不开的结。

这两天的课程让我睁开双眼反观生活，所看所思所想都不同了，我开始关注如何提升自我，如何变成更优秀的自己。心越来越大，事就越来越小了。

一日北学子，终身北大人。从今天开始我会按照北大学子的要求来要求自己，做一个积极向上，勤奋好学的好学生。

从某种程度来说，我的名校梦已经实现了，你的呢？我知道短期游学远远不够，以后我一定会成为名校中的正式学子。愿所有心怀梦想的人，都有机会实现自己的名校梦。

2018.10.7日晚记录于北京

■ 如何从普通人成为一名作家

写作爱好者和作家之间隔着一本书的距离，当你有能力出版一本自己写的书籍时，你就可以骄傲地和别人说你是个作家。我一直都有作家梦，所以我把写作提上了"必须完成的梦想"的清单当中。很多人好奇我是如何出书的，因此我把写《爱的力量》这本书的过程和大家详细分享，希望给想出书的小伙伴们一点参考。

我是个信奉专业的人，我喜欢把专业的事情交给专业的人，所以当我决定要出书的时候不是自己漫无目的地摸索，而是找了我的写作老师沉香红。我认识她的时候她个人已经出版四本书籍，并且帮助了300多人出书，所以我付费报了她的课。俗话说得好："借力使力不费力"，借助专业的力量，就能事半功倍。付费专业老师就是付费她背后的资源和人脉，她能够手把手带我写书，帮我对接出版社，以及教我出书之后的宣传营销。如此简单高效，何乐而不为？

我和香红老师相识于微信朋友圈。2020年1月8日，我在朋友圈中看到香红老师写作课程的介绍，我加了她的微信，付费她的写作课程。当时我已有出书的想法，只是不懂普通人如何出书，所以看到老师的介绍之后，毫不犹豫地付费学习。

对于普通人而言，出书最难的不是渠道，而是坚定的信念。你要明确出书的决心，并且愿意为之付出相对应的努力。我的出书之路并非一帆风顺，和许多人一样，我的梦想一直徘徊不定，所以付费报名课程之后，我就"消失"了。没有和老师深度链接，也没有认真听课。

从写作课程来说，我是名学渣，不仅没听课，也不在写作群里冒泡，只是偶尔翻开群消息，看见不断发表文章的同学心生羡慕。

在这期间，我的生活遇到了巨大挑战 —— 确诊抑郁症。为了实现自救，我开始系统性学习心理学和家庭教育。逐渐走出抑郁状态之后，我迫切想要改变现状，在 2022 年 6 月 14 日再次主动联系香红老师。这次我的目标十分明确，开始和老师讨论出书的方向。

我的本职工作是保险销售，又是一名高级讲师，所以老师建议我写一本与工作相关的书籍，科普保险和理财方面的知识。因为工作原因，我上过许多财商类课程，所以我原打算写亲子财商类的内容。

但心理学是我的热爱，从 2020 年开始，我一直持续学习相关的课程，还做了不少心理学个案，所以我萌生写心理学方面书籍的想法。为了让老师知道我想要写作的方向，我特意帮香红老师做了一次数字心理学的个案咨询。没想到机缘巧合之下，她被我的专业"折服"，邀请我在写作群里分享数字心理学的相关内容，还帮我介绍许多人做数字心理学的个案咨询。也是在那时，我俩敲定了书籍写作的方向。

虽然我已明确写作方向，但如何写却成了一个大问题。我热爱写作，大学毕业之后也持续更新文章，但我之前写的内容大多记录生活琐事，属于"自嗨式"写作。好在这些年来我一直坚持阅读和练笔，所以我有较好的文学功底。老师看过我之前的文章，她认为文字优美、内容清晰明了、结构上问题也不大，最大的问题就是写作方向。因为我从未考虑过阅读我文章的目标群体，没有站在读者的角度思考问题，所以我的文章和别人的关系不大，自然没有阅读量。

为了锻炼写作方向的问题，我开始和老师一对一学习如何写报刊文。我从自己最拿手的亲子类文章入手，写了一篇《广场上的"小鸟"》，讲述我儿子每天放学去小广场玩耍的故事。老师通过我的文章和我详细讲解如何写报刊文。

　　亲子类文章，主题明了，内容要积极向上，还需要有一定的趣味性，让人有种想要继续阅读的想法。经过简单修改开始投稿。没想到，投稿两三天后便发表在平顶山晚报上。初次在报纸上发表文章，我兴奋不已。这次发表对我来说意义重大，我的文章得到了编辑的认可，我终于相信自己写的文章是有价值、有意义的。

　　随之，我写了一系列亲子类文章，已发表的文章有《停电的夏夜》《家有小小"学习委员"》《做孩子的启蒙老师》等。其中《家有小小"学习委员"》三次发表，分别在"滕州日报""东南早报"和"幼儿教育"的杂志上发表。而《做孩子的启蒙老师》则发表在国家级报纸——"中国电视报"之上。每次发表对我来说都是一种肯定，也在不断增强我

在香红老师的大理小院写文章，香红老师用手机将美好定格

的信心。

此外，老师还拿我的文章在写作课堂上拆解，作为案例详细讲解。我们班有个同学更是多次深入研究我的文章，之后，她也开始了亲子类文章的写作。现如今她的文章时常出现在各大报纸和杂志上。她曾和我说过，我的文章给了她极大的鼓励，让她觉得原来发表并不难。

随着亲子类文章不断发表，我开始尝试其他主题的写作。我喜欢毛不易的歌，为此写了两三篇同名文章致敬他的才华，其中《深夜一角》发表在"泉州晚报"，《消愁》发表在《沧临日报》。此外，为了表达我对男神苏轼的喜爱之情，我也写了两篇文章。《苏东坡"陪我"成长》发表在"劳动午报"，而《中秋夜，"访"苏轼》则发表在"青年文学家"和"钱塘江文化"两本杂志之上。当然，发表的文章远不止于此，在此我就不多列举。

学习报刊文写作之后，近半年的时间，工作之余，我在各大报纸和杂志上发表了二三十篇文章，这些都奠定了我的写作基础和写作信心。与此同时，在这期间我还写了 40 来本新书的书评，书评文章也多次发表在各大公众号上。

经过不断刻意练习之后，我开始着手新书写作。

2023 年春节，我在朋友圈接触到顺道，认识了我的心理学师父荣姐，更加系统性、专业性、和有规划地深入学习心理学。在学习过程中，我明确了新书书名为《爱的力量》。

2023 年 4 月份，我去西安找香红老师，而后和她一起去西藏。在路途中，我们讨论书本写作的大纲，确定书本为四个章节，分别是见自己、见他人、见天地、见众生。

大纲敲定之后，我开始为新书写作做多方准备。我先整理过往写作的文章。不整不知道，一整吓一跳。整理后才发现我已有 16 万 + 的现有文字，但修改过程无从下手，所以书中仅用少数过往文章，其余都是重新书写的内容。

为了增加写作内容和阅历，2023年我在学习、行走和考证的过程中到处体验生活。4月走过西安和西藏，5月到了丽江和大理，6月和10月都去北京上心理学课程，8月带儿子去青海游玩。每到一个地方，我尽量留下一些走过路过的痕迹，还会找机会和当地人交流沟通，希望能更深入了解路过之地。这一年我在行走中阅读和成长。

2023年我拿到了四本证书，分别是中国散文学会会员证、中国科学院的金钱关系咨询师和心理咨询师的证书，以及认证退休规划师的证书。此外，还学了舞蹈、颂钵疗愈、金钱关系咨询师、内观咨询师、数字心学、心理学创富导师班课程和商业思维与心法的课程。这些课程学习拓宽了我的视野和认知，也让我结识了许多来自五湖四海的志同道合之人，其间还发生了诸多有趣的故事。

在写书过程中，我翻阅查找微信朋友圈、微博、陌陌、QQ等各种社交软件，以及各种邮箱往来信件，从中寻找我过往的成长记录。QQ邮箱的信件从2007年开始，每一封邮件我都重新阅读一遍，从邮件中认识不同阶段的自己，也回忆成长过程出现过的人、事、物。

同时，我还阅读整理之前发表过的文章，所以在新书中增添第五章节 —— 梦想之船，扬帆起航。这章节的文章虽然简单，却最能体现我的成长。

写作过程，我尽量找一些畅销书作家对标，阅读相关文章，增加写作灵感。这期间，我集中性阅读各方面书籍，其中包括武志红、张德芬、俞敏洪和李银河等。当然，我还看了一些电视剧和电影，增加写作视角。

初次写书，没有经验，写过的文章一改再改。可即便如此，还是产生了许多废稿。写作过程我总问自己："我能给读者带来点什么？"我害怕废话连篇，更害怕错误的价值观导向，所以动笔之前时常犹豫不决。落笔之后又不甚满意，开始删删减减。

如此反复挣扎，到了 2024 年 3 月 23 日才提交初稿。初稿 10 万 +，仍是不满意。这时我才发现，出书过程最难过的关是自己内心深处的那道关，正如香红老师所说，这是写作新手的不自信。

为了敲定出版细节和进程，也为了完善新书最后的内容，我决定再次出发去大理找香红老师，面对面交流沟通。希望《爱的力量》这本书今年顺利出版，不管结果如何，这都是我的里程碑事件，是我从普通人跨越成为作家的门槛。我知道，跨出这一步之后还有无数的路要走，所以我也会继续加油。真正的热爱就是无论如何你都一定会坚持的，哪怕中间兜兜转转，出现各种插曲，但只要是真的热爱，就一定会回归正轨，坚持不懈。

"千里之行，始于足下"，如果你也有一个作家梦，也想出版个人书籍，那么我唯一的建议就是从现在开始行动。不管是记录生活感受，还是从现在开始学习写作方法和技巧，抑或是订立自己的写作目标，都可以。因为最重要的就是行动起来。只要你肯行动，你就会离梦想更近一步。

第二章：见他人

■ 人世百态，过客匆匆

生命就像一场旅途，不同的阶段会遇到不同的人，有的人能够陪伴终身，有的人是暂时停留，但更多的人只是萍水相逢。无论相遇之时有多深的交情，离别之际也不得不承认这只是一个过客而已，匆匆地来，匆匆地去。时光教会我不再挽留，初见之时说句"你好，很高兴认识你"，离别之时轻轻说句："江湖再见"。

过客无数，来去匆匆，我渐渐明白了人世百态。一路行走，我遇见了一些有趣的人，听他们述说着有趣的故事，这些故事虽然简单而平凡，但故事里的人都有血有肉，让人难以忘怀。

我的朋友 L 是个爱折腾的女子，她喜欢到处游山玩水。她很喜欢大冰，一直憧憬大冰笔下的平行世界，多元生活。L 曾和我说过："生命的意义在于无数不同的体验"，所以她有机会就会换个城市生活。因为志趣相投，所以我们时常聚在一起畅聊。今天我要分享一个她和我讲述的故事。

她说："今年我又开始折腾了，离开自己所熟悉的城市和人群，接触新行业，在新工作中我认识了一群可爱又'可怜'的人。"

据她所说，她之前生活的世界里充满美好和期待，虽说不断换环境和朋友，生活上有一定的压力，但一直过得简单而美好。而这次的经历让她看到了不一样的世界，在那里她看到了现实生活中的黑暗。

她本人很优秀，走到哪里都特别受欢迎，这次她的身份是销售主管，带着一群稚嫩的小伙伴，在全新的行业里摸爬滚打。不知是环境造就了个人，还是个人被环境影响变了样。陌生的环境中她看到了真假难辨的人、事、物，和一些难以理解的人情世故，还有那似真似假的情谊。

1.青春期过着不青春的生活

她的小伙伴年龄都比较小，甚至有十五六岁的未成年人。她不是人事，这些人并非她招聘而来的，她只能接受这群她本不愿接受的工作伙伴。在花样般年华里他们选择了为生活而打拼，其中有无奈的成分，也有人少的无知。她经常问他们为什么不读书，为什么在这么美好的年龄选择一条艰辛的道路。他们的回答都是说不爱读了，不会读。

生活很现实，没有出社会之前，十几岁的他们都还是个孩子，可以活在象牙塔里，可一旦出了社会，就没人把他们当孩子对待了，该做的工作一样都不能少。他们之中有些人是在流水线上作业的，上班时间为 12 个小时，加班的时候要 14 个小时，经常半夜两三点才睡觉。后来 L 选择离开有很大的原因就是工作时间太长，晚上太晚睡，身体吃不消。

在诸多"小朋友"中有两个人让她永远都无法忘记。一个是猴子，另一个是凯子。猴子 17 岁了，他从 16 岁的时候开始出来上班，在家人的帮助下他买了房子，房贷由他和姐姐一起支付，一个月房贷 3000 多元。他性格开朗，活泼好动，看起来和同年龄的孩子一样稚嫩。他经常和 L 说他承受了他这个年纪本不该承受的压力。确实如此，他的家人时常告诉他买了房子不能任性，连换工作都得征求家人的同意。

L 心疼他，一直把他当弟弟照顾。她时常在想猴子为何要在这么小的年龄就买房子？作为房奴的 L 对猴子的压力感同身受。

在长期高压且长时间工作之下，猴子得了慢性阑尾炎，每到傍晚时分就开始疼痛，疼到难以承受时他就吃止痛药，最多的一次吃了6颗。L说看到猴子的样子，她很难受，可尽管如此，她也不能帮他做些什么，毕竟这份工作是猴子自己选择的。

另一位凯子只有16岁，初次见到凯子时L就觉得这是个还在发育的孩子，怎么会、又怎么能出来工作呢？见到凯子的第二天他就因为胃痛去诊所打点滴，而后两天都在打点滴。L经常去看他，关心他的身体情况。在和凯子妈妈的聊天中L得知凯子有严重的胃病，医生让他要住院接受治疗，他说没钱治，家里还有个高血压的爸爸需要看病，所以他选择不治了。

当初找工作时他怕没有单位要他，所以隐瞒了自己的身体情况。L看到凯子在诊所里哭着和妈妈视频，他说胃痛得不行。那一刻，L沉默了，不知道该如何安慰他。凯子来的第四天就回去了，回去之前凯子问她，等他治好了还能回来上班？L又一次沉默了，沉默过后告诉凯子"可以的"，让他回家好好治病。其实L知道凯子不可能回来了，因为前一天凯子妈妈如实告诉她，凯子得的是胃癌。凯子回去之后L的情绪低落，悲伤难过，久久无法平复。她感叹在疾病面前人人"平等"，不会因为你是孩子就少痛一分。

2.像风像雨又像雾

在L的团队中有一个人叫小R的人让她很头疼，L说不知如何与她相处。初次见到小R，她风风火火，说话颠三倒四，经常自相矛盾，她的话真假难辨。她是她们那群人中年龄最大的一个，35岁了，但她告诉别人自己是25岁，不知小R是否知道她隐瞒的10岁可以从她的面相中看出来。L是在整理团队人员档案的时候才知道小R虚报了年龄。

小 R 为了她的情人来的，这也是后来她亲口告诉 L 的。小三二字难听，但现实确实存在。L 无法理解她，一个为了情人而来的人为何还会接受别人的追求。小 R 很现实，她说因为追求者会给她买好吃的，所以她愿意多和对方聊天。她的故事太多太多，多到 L 不愿多提，但每一段故事都和男人有关，她是个依附男人却得不到真爱的人。可小 R 不知道，就是因为她的言行举止和她做事的出发点让自己远离了真爱。

后来得知小 R 的家庭情况后，L 明白了她也是个受害者。她出生后被父母送人，养父母关系不好，家里存在家暴现象。她姐姐年龄比她大很多，早早结婚而后离婚了。她长期处于缺爱的状态。她不相信婚姻，但也离不开男人。或许是因为得不到才会特别用力去追寻，这才有了后来一系列的事件。

得知小 R 的家庭情况之后 L 就不再评判她，毕竟小 R 也是个可怜人。L 说自己不是圣人，无法救她脱离苦海。L 尝试与她交心，但她认为 L 是领导不可深交。此外，小 R 的嘴太碎，有点小事就到处传，所以大家有事都会瞒着她，不敢让她知道。L 经常听到小 R 的闲言碎语，但她也无可奈何。因为 L 的关心在小 R 眼里是约束和故意刁难，所以 L 就不再把心思放在她身上。或许可怜之人真的有可恨之处吧。

3. 生活需要正能量

L 的同事中有三个缅甸华人，这是她第一次深入和外国人接触。他们的普通话说得很好，因为父母是华人，所以即使他们出生在缅甸，从小也是接受中文教育的。L 问他们缅甸和中国有什么差别，他们说缅甸最近在打仗，内乱中，搞得百姓人心惶惶。

在三个人中有一个让她印象深刻的阳光男孩 —— 宏。宏弹得一手好吉他，可惜当时他并没有带吉他来上班，所以 L 未能看到他弹唱。

宏唱歌很好听，节奏感强，和他一起合唱时他会为别人伴奏。此外，他热爱打篮球，球技很好。他有个"绝活"，那就是背对篮筐投篮，并且准确率极高。

宏15岁开始出国上班，如今已经二十来岁。他在新加坡做过超市的服务员，在澳门做过餐饮的服务员，在柬埔寨也待过很长一段时间。他说他的每份工作时间都很长，而且都是体力活，很辛苦。但宏和L说，"人无论在什么时候都要给自己一点正能量"，他每天都会鼓励自己，告诉自己要充满正能量。

宏爱喝酒，L经常和他小酌聊天。宏视L为贵人，他说刚认识L的时候就感觉她身上有一股不一样的力量。宏对L极认可，他觉得L是他在行业中所认识的女孩子中最坚强勇敢的一个。这点我也特别认同，因为L一直是个认真做事，用心做人的女子。

L辞职那天，几个缅甸的小伙子特意请她喝酒，为她践行。临走前一个晚上，L和宏聊到凌晨两三点，L和宏讲述她的故事，也帮宏分析他目前的处境和方向。宏说若是有一天L去了缅甸，而他又在缅甸的话，他一定请L吃饭。

L说，宏是个努力生活的小伙子，这是她在艰苦环境下难得看到的一股正能量。

4.爱憎分明的女子

除了宏之外L还很喜欢小涵，她是东北人，性格豪爽，大嗓门，但非常感性，在所有同事中，小涵最常掉眼泪。小涵身上有股子憨劲，理解能力比较差一点，但做事特别认真。培训学习时她一定会做总结，还会把她能够用到的内容整理出来。L是被小涵的认真打动的。

小涵为人真诚，风趣幽默，有啥说啥，说话还自带搞笑功能，所以L很喜欢和她待在一起。小涵和L说了许多关于自己的故事，说起她谈恋爱的甜蜜,说她之前在厂里上班,因为太困手被机器弄伤的疼痛,还说她曾因为打架被抓到了派出所。看到小涵乖巧的样子实在想不出来她会打架,为此还进了警局。只能说人终有年少轻狂时。

在所有员工中小涵是工作最认真的,L布置的任务她都会在第一时间用心完成,若没做完还会自觉加班。她的思想很单纯,丝毫不伪装和掩饰,所有情绪都写在脸上。

有一次她因为低血糖差点晕倒了。刚开始她觉得有些头晕、心慌,但她手头上有工作未完成,所以不当回事,继续工作,后来人一软,差点倒在地上,好在旁边的朋友帮忙扶助了。L听到动静立马扶住她去医务室,小涵去医务室之前还特别交代边上的同事要帮她看着点电脑,因为她刚才谈的单子快成交了。

L扶着她,她眼泪直流,说她是不是得了什么病,她说感觉自己快要呼吸不了了,双腿发软,手不自觉地颤抖,听她这么一说,L吓坏了。到了医务室,医生说是低血糖,让L去泡碗糖水,还要加点盐。L飞奔到厨房,翻箱倒柜,怎么都找不到白砂糖,所以她只能泡生姜红糖。怕不够甜,L特意多放些点红糖,又放了点盐。小涵喝了一口,又掉眼泪了,问L这是什么,甜到齁鼻,还有点咸,有点辣,太难喝了。她像个孩子一样,一直叫嚷着这么难喝,她不喝了。L很无奈,只能逼着她喝完。L一直站在她身旁帮她按摩手臂和手。糖水喝完之后小涵慢慢缓过来了,她边哭边笑,说再也不喝这么难喝的东西了,然后一个劲对L说:"有你真好。"

小涵的性格太好了,所以大家都以为她是在幸福的家庭里长大的孩子。然而现实并非如此,她父亲在她很小的时候就去世了,母亲独自一人将她和妹妹拉扯大。家里的妹妹正在读初中,所以她的工资都会寄给母亲补贴家用。小涵很担心家里母亲和妹妹,尤其妹妹正处于青春期，叛逆不听话，老惹她母亲生气。L很佩服她在这样的环境中长大，身上却没有一丁点儿的苦情味。唯一和别人不一样的就是她抽烟，她说东北那里有很多女孩子抽烟。

农历七月十五那天小涵问L："这里哪里可以烧纸钱？"小涵告诉L她要给她父亲上香烧点纸钱。她说这些年她没有在家，每到这天她就在大马路的十字路口给她父亲烧点纸钱。那晚小涵特别安静，大家都知道她想父亲了。

生活有时候真的很无情，它不会因为你是好人或者坏人就给予不一样的待遇。面对无能为力的事情L唯有静默，她不懂如何安慰，只能静静地陪着小涵，在她需要帮助的时候伸出援手。

后来因为诸多原因，L辞职了。得知L要离开的时候，小涵又是两眼泪汪汪，说了一句又一句的舍不得。宏则是领着大家一起给L践行。

临走那天L发了一条朋友圈："青山依旧在，绿水仍长流，咱们后会有期"。

L是默默回家的，回来之后她没有和任何人联系，而是独自一人花了近一个月的时间消化她所看见的人、事、物。后来她和我说："时光无声，时而快速，时而缓慢。我离开他们也不过一个月而已，但我觉得像是过了大半年一般。兴许是因为在那里的生活离我太遥远，让我产生了那是场梦的错觉。"

她还说遇到的人太多，无法一次性说完，下次再和我分享。我发现L变了，感觉她一下子沧桑了许多，我不知道她到底经历了什么，只是隐隐觉得她好像受到了特别大的刺激。我没有经历过她的经历，也没有见过她口中描述的那群人，但我从她眼里看到了复杂的情绪。

那天她问我："生活在社会底层的人是该认命还是该拼命？"我和她的家庭都算普通家庭，虽然没有大富大贵，但也不算是社会最底层的人。

我告诉她，我觉得无论是什么样的阶层，如果想让自己的生活过好，就要不断学习，努力实现阶层跨越。我们不是认命的人，毕竟命运二字，有命还有运。命是天定，运靠自己把握。

听完我的话之后，L若有所思，她告诉我，她再也不想过上那种暗无天日的生活。我不知她口中的暗无天日是何种境地，但她告诉我，现在她听到曾经在工作场所听到的音乐都会不寒而栗。我既好奇又疑惑，她到底经历了什么让她有如此恐惧，但出于朋友间的默契，但凡她不说的，我也绝不问。

我和L聊完之后，看到她的朋友圈更新了一条心情"愿往后余生，我都能行走在阳光之下，向阳而生。"后来，我看她越发上进努力，好似触底反弹一般，一路高歌猛进，她也进军心理学领域了，开始接各种个案咨询，帮助迷失的人找到前行路上的那束光。

在这期间，我看到L重获新生了。我知道，她在疗愈别人的过程中也疗愈了自己。记忆无法抹去，但这"深入虎穴"的经历让她开始涅槃重生，她成了更美好和强大的她。

再回忆起她所说的故事，我只愿她口中那些匆匆而过的人们能越来越好，雾霾笼罩的日子终会过去，有一天你们也能看到温暖的太阳。

那些走过的人，离开之后再也没有联系了，连回忆起曾经一起共事都觉得恍惚。明明在同一个世界，为何会有如何之大的差距？不到一个月的时间，她用力去回想，还是觉得那几个月的生活离她十分遥远。

天下无不散的宴席，再久的相聚也总有一天要分别。于他们来说L也只是个过客，也是来去匆匆。感谢在她人生的旅途中有你们曾经路过，愿今后我们都能各自安好。

写于2019年9月27日凌晨

■ 一寸咖啡

今日我刷微信的时候，被一个好友的朋友圈吸引住了。她的朋友圈文字很少，大多是几张美图，配上一两句话。这些美图几乎都与咖啡有关，有一种高级感，感觉隔着屏幕都能"闻"见咖啡香。然而真正吸引我的是她留下的定位，名为"一寸咖啡"。看到这个名字我十分好奇，咖啡怎么能够用寸来形容呢？所以我主动私信她，约她见面。我们相约的地点就是在"一寸咖啡"。

与她见面后，我知道了她是个专业咖啡师，"一寸咖啡"是她咖啡工作室的名称。她的工作室是在她办公场所单独开辟出来的空间，场地不大，两间房间，一间大的可以组织会议沙龙，另一小间单独放置一套桌椅，适合三四个人围坐。两间房中间由一个吧台隔开。整体装修风格是简约风，给人一种简单、干净和大方的舒适感。

我特意询问为什么叫"一寸咖啡"。她说："叫'一寸咖啡'有两个原因。第一个是因为我们的场地不大，在于方寸之间。第二个是因为古人曰：'心为方寸之地，一寸即心之所，是诚心实意的地方'。我们的工作室没有对外开放，采用预约制，来这里的都是朋友，或者是朋友介绍来的朋友，都是志同道合，可以交心的亲朋好友。"

在与她沟通交流的过程中，我还知道作为咖啡工作室，她特别注重咖啡的品质，所有咖啡豆都是由老板亲自筛选的。她们严选世界各地的精品咖啡豆，以手冲咖啡为主，同时提供挂耳咖啡定制的个性化服务。

一寸咖啡的老板 ——美须，看她冲咖啡是种享受

除此之外，"一寸咖啡"的初心是希望做咖啡版的"解忧杂货店"，她坚信每个人的内心都是有力量的，都能为自己的生活导航！所以这里还是一个解忧空间，一个共同成长的空间！

听完她的介绍，我已经对这家咖啡工作室心生好感。在这个咖啡馆四处可见、采用制式化管理、进行各种品牌塑造，可咖啡品质却参差不齐的时代里，有这么一个"清新脱俗"，让人耳目一新的地方，确实难得。

我平日比较少喝手冲咖啡，在小姐姐的推荐下，我尝试了一款来自埃塞俄比亚西达摩的咖啡。小姐姐亲自操作，边操作还边详细向我介绍这款咖啡的风味。"这是一款浅烘焙的"水洗"咖啡，入口微酸……"

咖啡豆研磨好之后，她先拿给我闻香。一股醇香浓厚的咖啡味迎面"扑来"，沁人心脾。那一瞬间，我整个人都放松下来了，沉浸在咖啡的香气中。神奇的是我闻到的不仅是咖啡香，还有一股淡淡的茶香。

手冲咖啡非常考验操作者的技术，水温多少？采用怎样的方式冲泡？点滴的细微差别都会影响咖啡的口感。

不一会儿，小姐姐用一个长方形的木盘端上了我的咖啡。这份手冲咖啡的分量不多，不像外面杯装咖啡那么大杯。咖啡装在一个玻璃小壶里，外搭一个精致的小杯。

我拿起小壶，往杯里倒了些咖啡。然后拿起小杯子，开始观察，琥珀色的咖啡有点像红茶的茶汤。本想多欣赏一会它的色泽，可阵阵香气扑鼻，我忍不住地小抿了一口。

就这么一小口，我的味蕾被惊艳到了，这是从所未有的感觉。而后我将手中的咖啡，一饮而下。这和我以往喝到的杯装咖啡完全不同。以前我对咖啡的认知是：要么苦，要么甜，最多增加一些奶香味。可这杯手冲咖啡与那些相比，简直不可同日而语。它入口香醇，层次感丰富，还带一丝茶香、花香和水果香。最关键的是喝完之后，立马回甘，口齿生津，久久不退。

过了许久之后，我再喝水，连水都是甘甜的感觉。这是一种神奇且美好的体验，我之前从未有过。也是在那一刻，我才明白，原来好的咖啡也能给人带来幸福感。

当我将整壶咖啡都喝完之后，兴奋不已。开始拿起手机，和平日里喜欢喝咖啡的小伙伴们分享"我今天喝到了让我觉得有幸福感的咖啡"，然后和他们分享了这个地方，约他们有空的时候一起喝咖啡。

恰好我的闺蜜有空，听我这么一说，立马打车过来。老板也根据闺蜜平日喝咖啡的情况，给她推荐了一款较为浓厚的咖啡。

那天闺蜜的状态不佳，因为不久前她刚经历过人生重大创伤性事件，直面生离死别的痛苦，所以近期情绪低落。尤其是遇到这种梅雨天气，阴雨绵绵，增加了原有的悲伤之感。

我静静听她讲述自己的故事，感受她的情绪，在她流眼泪的时候给递上纸巾，然后借助温馨的环境，引导她放松，深呼吸，感受周遭咖啡的香味。等她平复心绪之后，我帮她拍几张美照，再一起喝杯香甜的咖啡。

没过多久，闺蜜一展愁颜，脸上开始绽放出笑容了。不知不觉两个多小时过去了，闺蜜说要接孩子，便提前离开。

她刚走不久，我收到了她的微信留言"和你聊一聊，舒服多了，感觉我又'活'过来了。"放下手机后，我突然理解了这家店为啥叫"一寸咖啡"。咖啡香可治愈人，环境清新优雅也可治愈人，最关键的是，在这里，我们之间的心与心更加紧密地链接在一起。

■ 与风险赛跑的保险人

在人生的赛道上，我们每个人都是领跑者。有的人为梦想奔跑，有的人为生活奔波，而有这么一群人，他们穿梭于城市的每个角落里，聆听别人生活中的喜怒哀乐，用专业知识和无私奉献，讲述着一个个与风险赛跑的故事。他们就是保险人。他们不仅为人们提供抵御风险的屏障，更是在无数次的理赔中演绎出保险的本质与价值。作为一个从业 9 年的保险一线工作人员，我想和大家分享一些保险人与风险赛跑的故事。

我从业过程中遇见的第一个客户也是我理赔的第一个客户，他的故事让我深刻地意识到，保险人都在与风险赛跑。至今我都无法忘记当时那种复杂的心情。

我记得当时公司在做一个癌症筛查项目，我带客户去做相关体检，检测结果中某项指标偏高，我特意叮嘱客户要去医院复查。怎奈客户不以为然，并不当回事。而后我怀孕生子，开始休产假。一年后再回到职场，得知客户生病了，重疾。

不久之后他便离世了。知道这个消息后我久久不能释怀，后悔当初没有再多强调几次他的检查结果。总想着如果他当时能去深入检查，或许就能早发现，早治疗，可现在说什么都为时已晚了。后来我带着他的家人去公司柜台办理理赔，他在我名下的所有保险都得到了应有的赔付。第一次办理赔，我难过不已。那晚，我难以入眠。

因为这次经历，我更加认真工作，希望能尽己所能让更多人知道

2021 年 4 月 19 日，我在中国人寿成都保险研究院学习

风险的存在，帮更多人用保险对冲风险。

风险如影随形，常以意外和疾病的形式出现。我的客户是遇见了疾病，而我同事 D 的客户则是遇见了突如其来的意外。

同事 D 在做一起旅行意外险的理赔。据她所说，她的客户不相信保险，认为保险是骗人的，甚至不愿和任何人谈保险，所以他没有买任何保险。有次客户和同事相约自驾旅行。出发前同行的同事帮出行的三人都买了两份旅行意外险，每人的总保费为 60 元。

天有不测风云，意外更是无法预估。在旅途过程中，他们遇见一辆漂亮的房车，便上车参观。下车后，其他两个伙伴去其他地方拍照，而那个客户还站在房车后，幻想着有一天自己也能拥有一辆房车的美好场景。没想到房车失控，迎面溜下，客户不幸离世。生死只在一瞬之间，前一刻是美好，后一刻便是绝望。而一个家庭的命运也在这瞬间被改变了。

那个客户正值中年，家中上有老，下有小。他的离世给家人带来了巨大的悲痛和财务压力。然而，正是那两份他曾不以为意的意外险，为他的家人带来了 60 万的理赔金。这笔钱虽然无法弥补失去亲人的痛苦，但却为他的家人提供了一定的经济支持，帮助他们度过最困难的时期。

保险的本质在于"共济"，它是种契约型社会互助，以白纸黑字的合同形式存在。它集合众人的力量，共同抵御未知的风险。当个体遭遇不幸时，保险能够提供经济上的支持，帮助人们渡过难关，重新站起来。

作为一名保险人，我们深知自己肩负的责任和使命。每一次与客户交流，都是一次对保险理念的传播和普及。我们不仅要让客户了解保险的意义和功用，更要引导他们认识到保险对于个人和家庭的重要性。

从另外的角度来说，保险是一种风险转嫁和财务规划的工具。它不仅仅是一纸合同，更是一种对未来的承诺和保障。然而，真正了解保险的人还是太少。所以面对保险时，他们时常犹豫不决。可，风险也在客户的犹豫之中产生。

同事 W 和我说，她有个客户之前一直犹豫是否购买保险，但现在已经无法购买了。她说，前两年客户就找她咨询保险问题，还做了详细的家庭保障规划。客户当时已经问得非常详细，要签合同之前不知为何，不再与她联系了，保险规划就此搁浅了。

一年后，那个客户又主动找她详细咨询保险，这次是因为她体检，检测出乳腺增生和子宫肌瘤。为此，W 和她详细讲解投保可能遇到的问题以及需要注意的事项。又一次，W 为她做了全家的保障规划。因为客户是带病投保，需要提供相对应的体检资料。这次她和 W 说要回家找资料，之后，又不了了之了。

最近，这个客户又微信 W，询问如果得了肺部原位癌，能否投保？很可惜，她目前已经无法投保健康险了。客户是名八零后，仅两年的时间，她就从标准体到无法投保。

类似同事 W 的故事几乎每个保险人都曾遇见过，可我们能做什么呢？除了几句安慰之外，也只能无可奈何。俗话说"佛度有缘人"，对于保险人来说，我们也只能帮助那些能够帮助的人。

每次聊起理赔事件，我们都格外惋惜。大部分人都存有侥幸心理，觉得自己一定不会是倒霉的那个人。也认为别人的故事，无论多少悲惨，那都只是故事而已。确实，只要不发生在自己身上，那些都是故事。可一旦发生在自己身上，那就是事故了。

保险从业 9 年以来，我每年至少送出 10 万＋的保险理赔金。从整体来看，这是非常小的理赔金额，但每一笔理赔金都是一个家庭的救命钱。

从中国人寿的官网理赔数据来看，2023 年，中国人寿赔付了 2213 万件，赔付金额达 599 亿元，获赔率为 99.7%。

时至今日还常听到有人说保险是骗人的，可每年那庞大的理赔数据都是真实存在的。

保险其实很简单，无非是解决人生三件事，大事、小事和无事。大事指的是重大疾病和重大意外；小事则是类似磕磕碰碰的小意外和感冒发烧这类的小病住院；无事则代表了投资理财、养老和子女教育等。但保险也很专业，每一项都是专款专用的。就像买了冰箱不能指望它有洗衣机的功能一样，假如你买的是理财险，就不能指望生病住院能理赔。所以，不是保险理赔难，而是你可能买错了保险。如果你想配置保险，记得找专业的保险人，设计适合自己的保险方案。

其实每个人都有"保险"，如果你没有保险，那么你最爱的人和最爱你的人就是你的保险，他们将承担你所有的风险。所以，我希望更多人能够了解保险、认可保险以及购买保险。只有这样，我们才能真正实现风险共担和互助共济的目标，让更多人在风险面前不再孤单和无助。

作为与风险赛跑的保险人，我们是社会的守护者，也是家庭的守望者。我们努力用专业和热情书写一个个感人的故事，传递着保险的力量和温暖。但与风险赛跑的我们，不可能每次都赢过风险，所以我们也只能尽力而为。

■ 心理咨询师是这个世界的点灯人

"我们是行走的光，

活出自己，赋能他人

凡是发生，皆为成就

照亮生命，满怀希望

我们是行走的光，

富而喜悦，丰盛圆满

让心享受，所愿皆成

照亮你我他，照亮每个家

点亮心中的那盏灯

以一灯点诸灯，终至万灯皆明"

——摘自歌曲《点亮心中的那盏灯》

在人生的旅途中，每个人都会遭遇黑夜，体验迷茫、困惑和痛苦。而心理咨询师，正是那些在黑暗中持灯前行的人，他们用专业的知识和温暖的关怀，照亮着人们的心灵航程，引导我们越过生活的暗礁，找到内心的宁静与光明。

弗洛伊德是心理学领域的巨匠，他提出了精神分析理论，为心理咨询提供了坚实的基础。他相信，在每个人的内心深处，都隐藏着一些不愿面对的记忆和情绪。而心理咨询师的任务，就是帮助人们打开心灵的闸门，让那些被压抑的情感得以释放，从而实现内心的平静与和谐。

爱的力量

我曾在心理学课堂中看见老师为学员做过一个重大创伤性事件的心理学个案，深受震撼。但这个个案并不是教学个案，因为我的老师特别交代过，心理咨询师要有边界感，要懂得量力而为，不接超出自己能力范围之外的个案咨询。这是为了保护来访者，也是保护心理咨询师本人。

心理咨询起到的是唤醒、赋能、疗愈和创造的作用，而不是刻意揭开来访者的伤疤，又无法帮其走出痛苦，这会让对方陷入二次伤害之中。心理咨询时会触碰到来访者内心的痛苦和各种情绪，但我们只能"浅尝毒药"，不能让其深陷其中。探索到来访者的情绪状态之后，心理咨询师要将其化解，帮助来访者直面情绪，再用心理学疗愈方法使其释然。

我在心理学课堂中看到诸多各种不同类型的心理学疗愈个案，学员在做个案之前和之后的改变都是巨大的。并且这种改变并非是一时性的表层变化，而是从认知到思维层面发生的改变。所以，我更加坚信今后一定要成为一名优秀的心理咨询师。虽然现在我的能力还无法做严重的重大创伤性事件的咨询，但我能做能力范围内的个案。我会不断精进，持续学习和练习，拓大自己的能力范围。

课程结束之后，那个学员持续在群里反馈自己的变化，她成了老师的终身私教，系统性学习心理学，开办了心理学分院，希望自己能帮助更多人。老师带她"穿越"黑暗和恐惧，让她看到生命中的光，所以她也成了一名点灯人，帮助更多人找寻生命中的光。

荣格曾经说过："每个人都是他自己的治疗师。"心理咨询师的任务，就是帮助来访者找到自己的内在力量，让他们成为自己心灵的治疗师。

我认识 T 的时候，她工作受挫，负债累累，浑身充满负能量，所说之话都是绝望的气息。身处困顿的她找我做金钱关系的个案咨询。

详细拆解她的资产负债情况，发现她的大多数负债都是过多背负他人的命运。老公投资失败，她借钱帮他填坑；弟弟赌博欠款，她借钱帮助对方还债；妈妈遇见大事小事都找她要钱，她为她的原生家庭付出了大量的时间和金钱。这点在逢年过节买礼物时体现最为明显，买东西时她想到了所有人，唯独忘了自己。

深入探索之后，她终于发现自己的负债模式。在家庭关系中，她长期越位，当妈妈的"妈妈"，帮她承担本是妈妈该承担的责任，也习惯性帮她照顾弟弟。在小家中，她充当了"丈夫"的角色，家中的大小事务都由她承担，甚至连老公生意失败时也是她借钱帮他扛着。家庭位序中，一个萝卜一个坑，谁越位占了谁的坑，谁就是坑人，另一个人也会被坑。若妻子站到丈夫的角色中，丈夫只能退居一旁，埋没在妻子的强势之中。

抽丝剥茧中她找到了自己的位置，退回女儿和妻子的角色，不再过多干涉原生家庭中的事情，也不再毫无底线地帮助妈妈和弟弟。在家里，也把更多的权利和责任交还给她老公，让她老公成为家庭的支柱。

面临高额负债，她找到处理债务关系的法务，进行债务处理。同时，她把时间和精力都回收到自己身上，工作问题也迎刃而解，收入随之增加。更重要的是，她看见了自己的存在，敢于表达自己的真实想法和感受。

此外，她还找我做人类图的个案解读，更加深入了解自己，剖析自己的优势和劣势，挖掘属于自己的天赋、热爱。她说做过几次个案咨询后，她终于学会自我鼓励，学会用正向思维方式考虑问题。虽然她现在还是处于负债状态，但是她不再焦虑和恐惧了，而是坚信自己有能力创造更好的生活，也有信心在最近两三年内脱离负债的苦海，成功上岸。

心理咨询师不仅是治疗师，更是心灵的引路人。他们用自己的专业知识和人生智慧，为客户指明方向，帮助他们找到属于自己的道路。

我的朋友彤彤是心理咨询师，也是个企业教练，她专职做个人职业规划和企业经营方面的咨询。

她的来访者安安是一个没有工作经验的职场新人，受经济环境影响，她大学毕业后没有找到适合的工作，只能听从父母建议，选择考研，结果考试失败。几经折腾，蹉跎两年后，她不得不重新步入职场，为此她对未来充满了迷茫和不安。

彤彤通过与她进行深入的交流和探讨，帮助她理清自己的职业兴趣和目标，为她制定了一份详细的职业规划。在彤彤的引导下，安安逐渐找到了自己的职业方向，并在工作中取得了优异的成绩。她感激对彤彤说："在我迷茫不安时，是你点亮了我人生的灯塔，让我找到了前进的方向。"

泰戈尔说："把自己活成一道光，因为你不知道，谁会借着你的光，走出了黑暗。"在这个纷繁复杂的世界里，心理咨询师如同那寂静夜空中的明亮北斗，默默指引着迷失的灵魂找到归途。他们的存在，不仅仅是一个职业的象征，更是一种心灵的慰藉和力量的源泉。

他们手中的灯火，不刺眼却足以驱散心中的阴霾。每当有人因困惑、痛苦或绝望而徘徊在人生的十字路口，心理咨询师就会用他们的智慧和经验，为那些迷茫的心灵点燃一盏明灯。这灯光或许微弱，但却足以照亮前行的路，让人在黑暗中重新找到方向，勇敢前行。

■ "经久不衰"的美容师

美容行业的入行门槛不高，很多早早出社会的女孩子进入这个行业，从学徒做起，一从业就是几十年，成了这个行业的中流砥柱。还有一些是"半路出家"，学了点基础操作手法，租个场地，铺几张美容床就开始营业。为此这个行业的专业水平参差不齐。那些优秀的美容师都是经过长时间学习和实践沉淀下来的。这些专业型美容师"经久不衰"，我的好朋友 HX 就是其中一位。

HX 从事美容行业近 20 年，2000 年她在国家著名化妆师毛戈平创办的公司进行长达半年的美容专业培训，考取美容师证书，成为这个行业内少有的持证上岗的专业人士。而后在宁波工作近十年，做过一线美容师，将理论落地，也做过美容导师，给行业新人进行专业技术培训。成家之后她开始在厦门发展，至今也十来年了。

我是 2017 年认识她的，在这七年里，我一直在她那里做护理。这期间她更换过几个地方，最开始是帮别人打工过，现在是与别人合作创办了自己的工作室。她走到哪里，我就跟到哪里，成为哪里的客户。现在她的工作室离我家较远，但我仍会打车去她那里。很多人不明白为什么我会成为她的忠实粉丝，我想有以下几个方面。

她忠于热爱。很多人坚持在自己行业中长期奋斗是因为热爱，对于 HX 来说也是如此。从业二十来年，她也曾兜兜转转尝试其他行业，但最终还是在美容行业深耕，因为这是真的热爱。

初入这个行业，她是个二十出头的女孩子，喜欢的东西都和美有关。

她认为，做美容业能让自己变美，也能帮助别人变美，是件特别美好的事情。

入行之后，她持续深耕，除了自己一直处于美美的状态之外，还帮助许多女性"变美"。我常与她聊天，她平日里话不多，但说起自己的本职工作，就会眼里泛光，"滔滔不绝"。一个人对待自己的工作，爱与不爱是能从她的言谈举止中感受出来的。

她足够专业和认真。美容行业的技师是否专业，客户是能够轻而易举地感知到的，因为做身体护理的时候是接触式体验，手法是否到位、力道是否精准都是最直观的体会。

从自身条件来说，HX 的手掌厚实，皮肤细腻，手指灵活，按摩的时候让人感受特别好。这是先天优势，但也可以后天修炼。HX 说，刚开始从业的时候，为了保证自己手部的触感更好，会把双手浸泡在稀释过的白醋或是调配好的药水当中，去手部死皮，软化手部皮肤，使之更加细腻。

除此之外，在当学徒阶段她们每天都要做手指操，保证手指的灵活度。这些是基本功，有的人会认真对待，也有人不以为意。磨刀不误砍柴工，这些看起来烦琐的小事，对美容师来说，格外重要。

就美容师的专业来说，从手法到穴位再到经络，这些都需要有一定的学习基础。每条经络是怎样的走向，会通向哪里，中间有哪些重要穴位，以及是什么原因会造成经络瘀堵？这些都是需要美容师熟记的，但能做到这点的人并不多。帮我做过护理的美容师至少十几位，但每次都能和我详细讲解这些内容的人只有 HX 一个。遇到我淤堵的地方，她会问我最近的饮食起居情况，还告知淤堵点可能会产生的症状，提醒我要注意哪些事项，然后她会在相对应的部分帮我做加强疏通。

她做护理的过程是人性化，不管是项目还是时间上都如此。许多美容师的按摩过程都是流程化，时间是定时定点按钟计算的，而她会根据客户身体情况进行调节，哪里堵哪里加强，即使时间到了，她也不会匆忙带过，而是继续认真对待。所以在她那里做一次护理的效果，可以抵得上在别人两三次的效果。

她做面部护理既认真又仔细。我是混合型皮肤，T区油，其他地方干。平日里我较为粗糙，没怎么打理，面部清洁也没做到位，所以经常长痘。每次长痘我都要找她做清理，她会用粉刺针细心清理，为此要花费比较长的时间，但她从来不在乎。

别人帮我祛痘大多用小气泡类的仪器，最多帮我挑掉已经成型的痘痘，但她是用手摸我的脸，一点点寻找，皮肤哪里有痘痘，哪里有炎症，她手一摸就能懂。一些外表看起来没有任何问题的隐藏痘，她都能找出来清理干净。所以这些年我脸上的皮肤变好，变细腻，有大半都是她的功劳。

认识她之前，我肠胃不好，一旦吃了不新鲜的食物就会得肠胃炎，上吐下泻。而且我的免疫力低下，体质偏寒，天气一变冷我就会感冒。刚认识她的时候，我经常因为生病去医院看病、吃药。认识HX之后，我定期找她做身体护理，每次都会做全身经络疏通，疏通完之后艾灸。

经过几年调理，身体的免疫力不断提高，消化系统修复变强，体寒症状也有所改善，现在很少生病了。就最近这一年里，我没有吃过一次药，也不曾去过医院看病。我脸上的皮肤变白变嫩了，虽然生理期偶尔还会长痘，但总体状态比以前好太多。我变美的路上是她为我保驾护航的。

点到为止的销售。HX说她自己的薄弱点是销售，她只会认真做护理，不懂沟通和销售。她为人实在，确实很少做销售。

每次有活动的时候，她会简单说一下，或者根据你身体情况告诉你对应的解决方案，剩下就不会多说什么了。身处销售一线的我最讨厌强制推销，尤其是车轮战类的推销。在美容行业经常遇见强制安利的人，做护理的过程说的话大多在推销，让我不胜其烦。虽然 HX 很少做销售，但我有任何需求都会主动问她。不仅我如此，她身边那些长期在她那里做护理的客户也是这样的。

最好的销售都是不销而销，成交的原因也许是始于产品，但最终一定是终于人品。

她会持续学习。HX 常调侃自己懒，不愿意好好学习。可是这些年来，我却常看见她外出培训。不管是中医方面的学习，还是新项目的开拓，她一直走在学习的路上。

对于所有行业来说学习都是至关重要的，只有坚持学习，不断成长，才能更好地服务客户。在 HX 的工作场所中有很多客户长期看中医调理，所以艾灸到某些穴位时会问这里是什么穴位？有时她同事回答不出来，她就会帮忙解答。对于客户的任何问题，她几乎都能对答如流。若没有坚持学习，哪能如此熟记身体的穴位和经络。

其实我身边做美容行业的朋友很多，为了支持朋友我也会去她们那里办卡做护理，但每当我觉得疲惫不堪或者熬夜爆痘的时候，我第一个想到的还是 HX。即使她离我较远，我仍会愿意打车去找她，我愿意为她的专业和用心付费。每次去她那里做完全身护理，我都会有一种重生般的感觉，瞬间活力满满，充满正能量。

其实不管什么行业，要做到"经久不衰"，那么热爱、专业、认真和持续学习都是必不可少的，所以如果你也想在你的行业脱颖而出，那么记得用心做好以上这几点。而我，还会继续和 HX 一起在各自的行业中不断成长，并且为她介绍更多客户。

■ 人世间的温暖，不过是一日三餐

黄磊在《炊烟食客》一书中说："世间滋味，流转于方寸餐桌，交织在冷暖人间。"一屋二人，三餐四季，这是家的记忆，也是食物温暖的味道。对于我这个吃货来说，无论生活中有多少辛酸苦楚，人生中又有多少严寒酷暑，只要一日三餐，一家人能够坐在一起，好好吃饭，这便是人世间最惬意的温暖。"人世间的温暖，不过是一日三餐"，这是遇见我家王先生之后，生活带给我的最大感受。

我家王先生是四川人，也是名从业十来年的日本料理的大厨。现今我们自己开了家小吃店，名为厦门爆肚王。从认识之初到现在，十来年了，在我眼中，王先生一直是美食与美好的缔造者。

优秀的厨师，总是能用最简单的食材烹饪出最美味的食物。他们知道，食物不仅仅是满足口腹之欲的工具，更是传递情感与美好的媒介。所以他们会用心去感受食材的每一分变化，用爱去烹饪每一道菜肴，让人们在品尝美食的同时，也能感受到一份深深的情感与关怀。而王先生就是一位优秀的厨师，他总能通过简单的食物，给家人带来满满的幸福感。

初识王先生时，我体弱多病，面色蜡黄，时常因为肠胃炎看病吃药。为了帮我调理身体，他有空就会在家做饭。他心灵手巧又体贴入微，总能将简单的食材变着花样做出不同的口味。最典型的就是一鸡多吃。

我爱吃鸡肉，所以他常买鸡。骨架和鸡翅拿来炖汤，鸡胸肉拿来做手撕鸡，留下一部分较嫩的鸡肉煮粥。为了增加我的食欲，他还会用心摆盘。所有端上餐桌的菜都色香味俱全。每当我看到那些色彩缤纷、造型美观的美食时，心情都会变得愉悦起来。而他，总是微笑着坐在一旁，时不时问句："好不好吃？"那一刻，我感到无比幸福和满足。在他的细心照顾下，我的身体一年比一年更好，现如今是身强体壮，活力满满。

杨熹文先生曾说："一个人对吃的态度，会折射出他对生活的态度。"我从王先生对食物的态度当中看出了他对生活的热爱，也看出了他对生活的理解。

我俩都是吃货，知道哪个地方有美食就会去尝鲜。遇见我特别喜欢的美味，他会认真品尝，仔细研究，然后回家复制。在南京大排档我爱上了"民国美龄粥"，他回家就开始尝试，花了三四个小时，熬出一碗我心心念念的小清新。四川美食的灵魂来源于麻辣鲜香的辣酱，那是种尝过就难以忘怀的美味，我隔三岔五就会想念，所以王先生有空就会亲自动手制作辣酱。开店之后，我们店里用的所有辣酱都是他做的，广受好评。

夏日撸串，我很喜欢吃炭烤生蚝，但自从吃过王先生在家做的生蚝后，我就很少点外面的生蚝了，因为很多地方的味道没有他的好吃。除此之外，像水煮活鱼和泡椒田鸡这类的硬菜，他做的比外面很多厨师做得美味。

许是厨师的缘故，王先生做菜很讲究。有阵子我喜欢上了厚蛋烧，让王先生在做早餐时，用家里的平底锅随便做一份，但他就是不肯将就，特意买了个专业做厚蛋烧的锅，还买了卷席。一份简单的厚蛋烧让他做出了高档餐厅的高级感，我儿子看见开心不已，胃口大好。就连日常切水果，王先生都会做得与众不同。

作为厨师，他会考虑到客人的感受和体验感。切橙子、西瓜和哈

王先生受邀参加酒会，为高端客户做刺身

密瓜等这类汁水较多的水果时，他会先去皮、去果核，再把水果切成小块状，插上牙签，方便大家食用。炒菜时，他会考虑颜色搭配和营养均衡，还会选择适合这道菜的餐盘，让人赏心悦目。受他影响，我家儿子从小吃饭就不挑食，不管走到哪里，都是吃嘛嘛香，自然身体倍儿棒。

这些看似简单，实则用心的细节，像长进他身体里一般，在他的生活之中随处可见，也是这些细小入微的习惯温暖人心。因为家有大厨，我们一直被用心呵护着，所以对我们来说，在家吃饭和在外下馆子的区别不大。

然而，最让我感动的还是王先生在月子期间对我的"放纵"。生孩子对于女人来说是一道坎，而我在这道坎中痛不欲生。这种痛来源于生理和心理两方面。生理上，我是住院六天才顺利生产的，几经折腾，最终顺转剖结束"战斗"。可身体早已伤害累累，痛苦不堪。

心理上，母亲帮我坐月子，观念和做法上冲突不断。产后，我身体的激素迅速下降，导致情绪波动起伏大，再加上不断奶娃，整日缺觉，胃口不佳，食之无味，当时身心都在不断挑战极限。

术后我身体恢复得比较慢，母亲按老家传统方式做的月子餐，我一吃就拉肚子，且伤口疼痛，坐立不安。难过不已的时候，只能躲在厕所里哭。唯一的安慰就是，这期间王先生一直陪在我身边，他懂我的辛苦和不易，也懂我的痛苦和不安，所以母亲不在家时，他就想方设法给我做美食。但凡我想吃的，能吃得下的，他都尽量满足。对那时的我来说，一碗简单且符合我口味的面线汤，就是一种无以言表的幸福。

当然，喜爱王先生做的美食的不仅是我，还有儿子和母亲。儿子喜欢的汉堡、鸡排、咖喱饭和手抓饼这类食物，王先生都能自己做，只要王小宝想吃，随时都能吃得到。而母亲最喜欢王先生做的凉拌海带丝。

有一回母亲体检，检查出缺碘性甲减。那期间，王先生就经常在家做凉拌海带丝。每次都会拌一大盘，因为只要有这道菜，我们全家人都能多吃一碗小米粥。大半年后，母亲再次去体检，甲减已经好了。

凉拌海带丝看似简单，但我怎么学都做不出王先生做的味道。即使他手把手教我，我拌出来的味道依然不如他做的好吃。开店之后，我们常做这道小菜，有很多顾客喜欢。

简单的食材，平凡的美味，却蕴含着人世间的温暖和幸福。在日复一日的三餐中，我们一家人彼此陪伴、相互扶持，共同编织着属于我们的美好生活。

而这一切的美好，都源于王先生那份对美食的热爱和对生活的珍视。为了让更多人能感受到这份热爱和温暖，我们特意开了家小店，希望来店里吃饭的人，都能在简单的一日三餐中找寻到属于自己的那份温暖和感动。

■ 健身是一种积极向上的生活态度

在快节奏的现代生活中，健身已经成为许多人追求健康、塑造美好身材的一种方式。然而，对于真正懂得生活的人来说，健身不仅仅是一种锻炼方式，更是一种积极向上的生活态度。这种态度源于对自我价值的追求，对美好生活的向往，以及不断挑战自我的勇气。

为何我会认为健身是一种积极向上的生活态度呢？这源于我的健身教练 D 教练带给我的感受。我认识的健身教练很多，也跟随不同的教练锻炼过，但在这些教练当中，我印象最为深刻的是 D 教练，因为她过上了大部分人想要的生活。

2018 年在父母的资助下我买了房子，随之而来的是巨大的房贷压力。那阵子我时常焦虑不安，夜不能寐。为了给生活找一个出口，给情绪找一个释放的地方，我选择健身。因此结识了 D 教练。其实除了日常锻炼之外，我和 D 教练私下交流的并不多。但这 6 年来，我一直通过她的朋友圈关注她的生活。在她身上我意识到健身是一种积极向上的生活态度。

健身教练如果自身没有坚持锻炼身体的话，也会和常人一样容易发福，发福的身材就很难有说服力。而 D 教练则靠自身的身材和实力说话，她本身就是个活招牌。从我认识她到现在，她都坚持锻炼，所以她的身材线条优美，肌肉紧实有力。从她身上我还看到了，健身不仅仅是为了保持身材，更是为了让自己保持最佳的身体状态。

D 教练活成了大部分女性心目中想要成为的样子。要颜值有颜值，要身材有身材，而且她的生活丰富多彩。除了健身之外，她还有许多兴趣爱好。她喜欢唱歌，为了把歌唱好，她付费专业老师学习声乐课程；她喜欢旅行，到处游山玩水，感受大自然的美丽与宁静，翻开她的朋友圈，都是她出门旅行的记录；她还敢于挑战自我，考取了机车证，享受速度与激情的碰撞。看她坐机车的样子既帅又飒。

D教练的生活态度让我深受启发。我想她能够过上自己想要的生活和她长期健身有着密不可分的关系。因为健身不仅是一种身体上的锻炼，更是一种精神上的磨砺。通过健身，我们可以提高自我约束能力，培养坚持不懈的品质，这些都将为我们在生活中取得成功打下坚实的基础。

在没有遇到D教练之前，我并未去健身房锻炼过，我害怕盲目锻炼会对身体产生不可磨灭的损伤，而且我是个信奉专业的人。正所谓"闻道有先后，术业有专攻"，我喜欢把专业的事情交给专业的人做，所以我报了D教练的私教课程。很多人问我经济压力大的情况下，为什么还要花大笔钱报私教。因为我是一个目标明确的人，我知道自己想要的是什么。在我成长的过程中，我最大的投资就是投资自己，满足温饱以后自我成长是我的长期战略投资。

以前我认为健身就是去健身房跑跑步、撸撸铁，直到D教练带领我锻炼一阵子以后，我开始对健身有更深层的认知。健身不仅是跑步、简单运动和撸铁，或者说健身并不是单一的运动计划，而是全方位的系统性改造。它很专业，需要教练针对每个人的身体状况进行专业的运动规划，并且要根据不同的锻炼目标，调整饮食习惯和结构。健身体现在我们日常生活的方方面面，我们的言行举止，举手投足中都会透露出健身的痕迹。

在健身之前我就做好相对应的规划，办卡的时候我考虑到要和我家王先生一起锻炼，因为两个人更容易坚持，我也能多些时间陪伴他，与此同时，我们可以互相成就，一起成长。所以办卡的时候我办的是双人卡，上完第一堂课之后，我们两个一起做体测，报私教课程，从此健身房就成了我俩约会的场所。

　　健身过程中 D 教练都会先和我讲原理、做示范，然后督促我锻炼。上完几节课之后，我把 D 教练的话牢牢记在脑海里。走路时，我会提醒自己抬头挺胸收腹；锻炼时，我会提醒自己收紧核心；此外，我更加注意呼吸节奏了。

　　锻炼的过程中，教练让我把注意力集中在相对应的部位，如果我

健身中的我

我和王先生一起健身，最好的亲密关系是共同成长

找不到感觉，她就用手或者工具刺激我相对应的肌肉，让我的感觉更加明显。每当我快到极限时，她就会鼓励我："再来一个，再坚持一下，你可以的，加油，坚持住……"这类的引导性鼓励。我也在教练的引导下一次又一次地突破。

健身时，我是全身心投入的，将思想放空，啥也不想，只是认真做好每一个动作。同时按照教练的指引注意身体每个部位的感受。这样的做法让我体会到了身心合一的感觉。每次上完课都是大汗淋漓，虽然身体酸痛，但精神上格外放松。那种感觉，怎是一个爽字了得？

平时锻炼我很少喊累，也很少要求休息，甚至有时候自己会多坚持一会儿，教练说像我这样的学员很少见。因为是我自己想要锻炼身体的，想要变得更好也是为了我自己，而不是为了教练，教练只不过是教我锻炼方法、为我制定方案、引导并督促我锻炼，仅此而已。

从健身的第一天开始，我和王先生就调整了我们的饮食结构。每天会注意蛋白质的摄入量，增加鱼、虾、牛肉等高蛋白的食物，也会控制碳水化合物的摄入量。此外，我们尽量少喝酒，虽然没有完全戒酒，但会控制数量和频率。

健身一个多月后再次体测，我的体重增加了4斤，随之增加的是肌肉和身体水分的含量，而体脂和内脏脂肪都下降了许多，综合测评情况逐渐变好。其实最明显的体现是我的裤头松了一圈，而身体上肌肉变得紧实，且消化吸收能力增强了。最重要的是我不再焦虑未来，而是回归当下，认真做好手头上的每一件事，工作和生活都朝着更好的方向发展。

而我家王先生体重增加了 6 斤，他的肌肉含量大幅度增加，和我一样，他的体脂也下降了，综合测评分数高了许多。健身之前，他胃口不好，时常吃不下饭，经过一个多月的锻炼，他变得吃嘛嘛香，而且驼背的现象也有所改善，给人一种精神抖擞的感觉。

健身后，我们两个的改变都是显而易见的。健身磨炼了我们的意志力，一次次的自我突破锻炼了我们的耐力、承受力和爆发力，同时在无形当中提高了我们的体能和综合素质。我们不仅收获了身体上的改变，更在精神层面得到了提升。我们开始关注自己的身体健康，更加注重生活品质。

从那次健身之后，我们都养成了运动的习惯。直到现在，我状态不好的时候，还会去健身房锻炼。健身的同时顺便看看在健身房里的小伙伴们，在他们身上洋溢着青春的活力，那是种朝气蓬勃的气息，每个人都在努力遇见更好的自己，而这就是一种积极向上的生活态度。

健身不是一两的事情，也不是一两个月的事情，它是一辈子的事。运动分泌的多巴胺让我们感到快乐，而健身则会让快乐一直延续下去。

如果你遇见一个像 D 教练那样常年健身的人，那你一定要学会好好珍惜对方，因为健身是一种积极向上的生活态度。此外，健身的背后代表着自律，而自律让生活变得更加美好。近朱者赤，近墨者黑，希望我们都能和积极向上的人，一起过上美好的生活。

第三章：见天地

■ 大田回忆录

"我出生的地方叫大田县，县里很多的乡镇，他们都很团结，东街口的路边，有很多奶茶店，零零后的同学，你不会说方言……"林启得的一首《大田后生仔》让全世界都认识了大田县。这是一个坐落在三明市的小县城，这座县城承载了我学生生涯的大部分成长记忆。

小时候父母跟随阿姨一家人到大田做生意，不知不觉父母已经在大田生活三十来年了。据家人说，我是小学二年级开始在大田上学的，直到上大学才离开大田。作为外来务工人员子女，我和兄长在小学阶段每年都要交借读费，对当时的我们来说那是一笔不小的费用，但父母极为重视教育，所以好长一阵子都是借钱供我们读书。

刚到大田时我们家处于负债累累的状态，许是因为房租原因，我们经常搬家。关于那时的记忆模糊，并不全面。我最初的记忆是住在小南门附近的民房里，门前臭水沟的腥臭味至今我都无法忘记。而后搬到了市场附近的小房，房子不大，一房小两厅，厨房和餐厅是连在一起的，每次吃完饭我就在餐桌上写作业。空间有限，所以我和兄长睡在客厅上的阁楼里。每天醒来，睡眼蒙眬总会忘记自己身处矮窄的阁楼上，猛地站起来，咣当一声头撞墙上了，瞬间清醒。不过简陋的环境并不妨碍我愉快玩耍，家门口那个公共的小院子是我的最爱，我时常呼朋唤友一起跳皮筋。到初中之后，父母开茶叶店，我们家的经济也随之变好，在三角亭买了一套属于自己的房子，三房两厅，我们终于有了属于各自的小房间。

为了生存父母做过许多小生意。母亲摆过水果摊，关于水果我没有多大印象，但每到花生上市的时节，母亲总会买许多花生煮来卖。新鲜的花生煮熟，开锅瞬间香气扑鼻，勾起我们肚里的小馋虫，嘴里口水不断分泌而出，馋得不行的我们总会围过来讨要。母亲把又大又饱满的花生挑起来卖，把既小又瘪的留给我们。尽管如此，我们仍是吃得津津有味。直到现在我仍特别喜欢吃水煮花生，还会挑个头小的花生，感觉更加入味。

母亲也曾在校门口摆过做馅饼的小吃摊，这部分我完全没有记忆，只是常听母亲和兄长聊起。在开茶叶店之前，父亲和姨丈在市场摆摊卖五金，每天和各种螺丝零件打交道。而母亲在市场门口摆摊卖我们自家生产的茶叶，我和兄长时常在边上帮忙拿袋子和打包。我是伴随着母亲的叫卖声成长的，在这种环境中耳濡目染让我对销售极为感兴趣，所以我大学毕业就主动找了份销售的工作。

母亲手巧，常做各种手工活，做过凉席，还做过小吃店常用的漏勺。漏勺是母亲亲手一根线一根线编织缠绕的，在收尾阶段母亲要用较粗的铁线定型，这个环节极为关键，我们需要用力帮忙按住成型铝线，防止编好的部分散乱。铝线总把母亲的手搞得黑乎乎，洗都洗不掉。

每到做茶叶季节父母就要回老家做茶叶，我和兄长就在阿姨家吃饭，然后回家睡觉。兄长上初中开始要上晚自习，我得独自在家等他，那时总害怕门窗外沙沙的风吹树叶声，我把电视开到最大声，但仍会有莫名的恐惧感。或许因为有过这些经历，到现在我仍是胆小怕黑，独自外出住酒店也一定要开盏灯，彻夜通明。

父母开茶叶店之后，我们需要帮忙的事情就更多的，顾店铺、拣茶梗、包茶叶、装罐打包，如此周而复始。

都说穷人的孩子早当家，因为从小要帮忙，所以我和兄长很早就学会煮饭，也会干各种家务活。虽然在母亲眼里我是个爱偷懒还不会干家务的孩子，但在我同学眼里我一直都是勤劳能干的代表。在我闺蜜二十岁生日的时候我在家做了一桌子的菜帮她过生日。

此外我的许多朋友都喜欢来我家吃我做的饭。遇见王先生之后我确实变懒许多，做饭也做得少了，毕竟家有大厨，我这个野生派就靠后站，坐着等吃就行。做不做是一回事，会不会又是另外一回事。王先生没空的时候，我依然能让自己和儿子住在干净整洁的家里，吃上香甜可口的饭菜，而这些都是成长过程带来的礼物。

除了在大田的日常琐事之外，校园生活就是我的全部。小学我是在大田县城关小学（现在叫城一小）上的，我家就住在学校对面，上学非常方便。小学阶段我算是品学兼优的三好学生，我的硬笔书法和作文在学校的比赛中经常获奖。

初中我是在大田五中上的，正值青春期，我开始躁动不安。五中离我家较远，走路要二三十分钟，所以刚读初中时我是骑自行车上学的，不知什么时候自行车坏了，就开始走路上学。

学习生活是枯燥无味的，但上学路上以及和同学们玩耍的时光却是开心愉快的。我并不喜欢放假，放假在家意味着要和好友分开，还要干更多家务活，所以即使周末，我也常找各种借口去学校。不知为何，我对学校教学楼和厕所门口那片绿油油的爬山虎记忆犹新。初中阶段我最引以为傲的事是，我写的一篇关于曹操的文章获得了大田县作文竞赛一等奖，只不过知道这件事的人并不多。

读高中之后，我开始"游戏人间"，无知的生活里只有友情和爱情，没有书本，所以成绩迅速下滑，成了一枚不折不扣的学渣，但我很喜欢一中的校园环境。在高中我印象最深的是参加了学校举办的厨艺大赛，并且获得了一等奖。那天还被母亲臭骂一顿，因为锅碗瓢盆都被我搬到学校里比赛了。

快乐伴随着痛苦才让人更加印象深刻。初次高考失利之后，我搬进了实验小学最旁边的教学楼，成为一名高四的学生。那一年我确实意识到了学习的重要性，我知道我再不认识对待就会和大学失之交臂，所以开始发奋图强，认真学习，这才有了后来的大学生活。考上大学之后我就来到了厦门，一直到现在。

大田的县城很小，能玩的地方不多，常聚的地方莫过于学校、同学家、白岩公园、体育场、县镇府、小南门以及各家奶茶店和小吃店。

在所有记忆中，我最爱的还是大田美食，各式各样的小吃。东街口不止有很多奶茶店，还有一整排的小吃摊，我能从头吃到尾。随着年龄渐长，少了以往的嘴馋，但仍会对一些小吃念念不忘。东街口的熏鸭脖、实幼的砂锅、体育场外的牛肉丸、市场里的粿饺，还有巧克力浓情馆的红豆汤等，这些都是记忆中的味道。

一方水土养育一方人，离开大田之后，同样的食材也烹煮不出属于大田的美味。我的父母还在大田开店，放长假的时候我还会回大田，每次回去都会和固定的人相约在同样的地方，一起述说属于我们之间的故事。

大田县的别名叫"岩城"，共有6乡12镇。即使在大田生活了十一年，我对大田的认知仍是停留在方寸之间的县城里，其他乡镇我并未深入了解。

后来我才发现，其实我怀念的不是大田这座小县城，而是曾经生活在这座城市里的人、事、物，以及那些再也回不去的成长经历。那时的我们无忧无虑，天真烂漫，朝气蓬勃，有大把的光阴可以消耗。过往就像陈酿的酒，在时光的酝酿下，越久越香。

■ 厦门情缘

2011 年秋天，我只身一人来厦门读大学，至今近 13 年过去了。在这十来年的光阴岁月里，我深深爱上了这座美丽的海滨城市。曾经有人说："因为一个人，爱上了一座城。"就此说来，我爱上厦门是因为我自己。厦门对我来说，不仅是工作生活的地方，更是我情感和精神上的归宿。在这里我实现了自我成长和蜕变，所以我想以我的视角，和大家分享我与厦门的情缘。

十岁那年我初次来到厦门，当时我还是个青涩无知的小女生，对于厦门没有太大印象，只觉得这个城市非常漂亮，眼界有限的我一直琢磨绿化带里绿植是不是菠萝树。而让我喜欢上厦门的竟是商场里的扶手电梯。那是我第一次坐电梯，觉得既神奇又好玩。当时的想法很简单，就是觉得"天啊，怎么会有这么美丽、这么好玩的地方。"然后我和母亲说："我喜欢厦门，以后想来这里读大学。"

第二次来到厦门是高三毕业时，那年我二十岁，是花季少女的年龄，来厦门做个小手术。虽然年龄不小，但一直生活在小县城中，从未有机会外出，所以刚到厦门的我像极了刘姥姥进大观园时的样子，眼花缭乱，对所有东西都充满好奇和喜爱。蓝天、大海、轮船、飞机，甚至连爬山虎都让我兴奋不已，我一路都在给朋友发短信。

阿姨家住在海边，我大半个月都是住在她家，起床就能看见大海，我感受到了面朝大海，春暖花开的美好。我做了个头部的小手术，过程是痛苦的，但因为这个手术我爱上了生活在这里的厦门人。

一家三口在上李水库游玩，看见王先生和王小宝的背影，有种莫名的感动

手术完第二天我要去医院换纱布，出租车司机看到我的样子，以为我受伤严重，一路狂奔，生怕耽误病情。平时50多元的路程，那次只花了30元左右。下车时他还不忘提醒我要小心点，那一刻，我心中涌入一股暖流。

冥冥之中自有定数，我注定与厦门有缘。那年高三我和好友约定一起考到厦门读大学，然而我们都失约了。我补习了，走进我人生的转折点高四，而他去了福州，开始属于他的大学生活。

时隔一年之后，我收到华侨大学厦门工学院的录取通知书，当时我的心情十分复杂，因为那时的我心境已经变了，我并不想来厦门，只想"远走高飞"。六个平行志愿，我报了三个北方的学校，还有一个福州的大学，剩下两个厦门的学校作为保底。没想到我最终还是来到了厦门，当时我的成绩比学校录取分数线高出近一百分。

大学四年，我用《历时"八年"的大学生活》详细介绍了，不再赘述。大学毕业时我告诉所有人"我的大学没有遗憾"。这四年，我为自己而活，活得开心自在。也是这四年让我深深爱上了厦门。

厦门的美丽不仅在于那些著名的景点，更在于隐藏在日常生活中的小确幸。鼓浪屿的欧式建筑、环岛路的海滨风光、南普陀的宁静祥和，以及风景如画的四季风光……每一处都散发着独特的魅力，让人深陷其中，不能自拔。

鼓浪屿是个让外地人慕名而来的地方，这里有着别样的欧洲风情，仿佛置身于异国小镇。小巷里，老式的建筑依然保持着原有的风貌，石板路、红砖墙、木质门窗，每一处都散发着浓厚的历史气息。

对于鼓浪屿我也是爱的，只不过我爱的是它的夜晚。白天的鼓浪屿被严重的商业气息笼罩着，到处都是游客和嘈杂的叫卖声。然而它的夜晚却十分迷人，静谧而舒适。阵阵海风抚人心弦，让我那颗躁动不安的心也跟着安静下来。酒吧里，昏暗的灯光下驻唱歌手在认真地唱着他们心中的梦想。

我曾经想，以后我一定要跟自己的爱人在这里住上一晚，喝酒、听歌、吹海风、看潮起潮落。缘分让我遇见了我家王先生，他初次来厦门时，我就带他来鼓浪屿住上一晚，让他深入体验我心中的浪漫与美好。

环岛路是厦门的一道亮丽风景线，在这里能欣赏到美丽的海滨风光和日落景色。我喜欢在海边骑行，微风拂过面颊，带着海的气息，清新又咸湿。沿途，蓝天与大海交织，波光粼粼的海面跃动着生命的节奏。道路两旁的椰树摇曳，仿佛在低语。我放慢速度，感受车轮与地面接触的每一个瞬间，那时的我仿佛与这座城市融为一体。

海边有许多游乐场，这是年轻人的乐园。犹记得大学失恋时，我曾到椰风寨的游乐场里坐"跳楼机"，寻找那片刻的解脱。坐在"跳楼机"上，我的心情竟和那高空游戏出奇的相似。起初是平静的，随着机器缓缓上升而逐渐变得紧张，当到达最高点，心跳仿佛停滞，紧接着是急速下落，那种失重的感觉让我暂时忘却了心中的痛楚。每一次上升与下降，都像是在经历一次情感的起伏，从失落到希望，再到绝望，最终归于平静。走下"跳楼机"后，我意识到，即使生活有时让我们经历低谷，但只要我们勇敢面对，总会找到再次上升的力量。

南普陀是座远近闻名的寺庙，这里建筑风格独特，环境清幽，是一个适合静心祈福的好地方。在那里，有时能听到寺庙里的钟声悠扬回荡，给人一种宁静与祥和的感觉。我和好友几次爬上南普陀的后山，站在山上眼望厦门美景，这就是王安石所言的："不畏浮云遮望眼，自缘身在最高层。"在南普陀你可以放下尘世的喧嚣与纷扰，寻求内心的平静与自由。

除了大家都熟知的旅游景点外，我还特别喜欢厦门的公园，我时常和家人一起到公园里游玩。在中山公园漫步于绿意盎然的林间小道，感受树木的葱茏与清新。湖面波光粼粼，倒映着周围的景色，宛如一幅水墨画。不时有小船划过，打破湖面的宁静，增添了几分生动与活力。

植物园则是植物的王国，各种奇花异草在这里竞相绽放，色彩斑斓，香气四溢。漫步其中，仿佛置身于一个天然的氧吧，让人心旷神怡。

白鹭洲公园是鸟的乐园，湖面上群鸟飞翔，或嬉戏或觅食，构成了一幅和谐的自然画卷。人们在这里或观赏或拍照，享受着与大自然亲密接触的乐趣。还有湿地公园、忠仑公园、上李水库等，每个地方都有我走过的痕迹。

厦门的每个公园都有其独特的魅力，无论是静谧的湖面、葱茏的树木还是群鸟飞翔的场景，都让人感受到大自然的美丽与宁静。在厦门的公园里，人们可以放松身心，享受生活的美好。

厦门不仅是风景的胜地，更是生活的乐园。在这里，每个角落都充满了小确幸，让人们的生活充满了温馨与幸福。

清晨，当第一缕阳光洒进房间，打开窗户，清新的海风便迎面扑来，带走了所有的疲惫与困倦。在闲暇的午后，约上几个好友，找一个安静的咖啡馆，品尝美味的甜点，畅谈生活的点滴，享受着简单而纯粹的幸福。傍晚时分，沿着环岛路漫步，感受着海风的吹拂，欣赏着夕阳的余晖，让人忘却了所有的烦恼与忧愁。除此之外，厦门的夜生活也是丰富多彩的。无论是去海边听涛声、看花灯，还是到夜市品尝美食，都能让人感受到这座城市的独特魅力。

清晨的阳光、午后的甜点、傍晚的海风，夜晚的繁华，这些都充满了小确幸。这些小小的幸福瞬间，让人们的生活变得更加美好、更加充实。

此外，厦门四季如春，每个季节都有她独特的魅力。春天，万物复苏，鲜花盛开,整个城市仿佛变成了一座大花园。夏天,海风习习,清凉宜人,是避暑的好去处。秋天,天高云淡,气温适宜,正是登高望远的好时节。冬天,虽然寒风凛冽,但阳光依然明媚,让人感到温暖与舒适。

在厦门这座城市里,我感受到了生活的美好与宁静。这里的人们热情好客、淳朴善良,让我感受到了家的温暖。在这里,我找到了自己,也找到了属于自己的生活方式和生活节奏,同时还收获了许多美好的回忆。我爱厦门,也爱着在这里生活的自己,那么努力,那么认真,那么享受。

走过了许多城市,每次回到厦门的那一瞬间还是会觉得厦门好,这是一份难得的归属感。未来,我会继续在厦门工作和生活,与这座城市一起书写更多美好的篇章。

■ 走出国门，只身一人去新加坡见网友

我的过往，有很多重大决定都是为了向母亲证明："我可以。"这是我在写这本书时的一个重大发现。就连我第一次走过国门也是如此。证明源于比较，也源于发自内心的不甘心，这些在现在看起来毫无意义，但在当初，这便是让我不断前进的一股动力。

我记得那是大三寒假的过年，朋友来我们家的店里泡茶，不知为何，母亲聊起了兄长要出国留学的事情，我随口说了一句："我以后也一定要出国一趟。"我本意说的是出国游玩，母亲理解为出国留学，她不屑地说了句："出国哪里有那么容易！"类似的场景我遇见过无数次，所以我赌气地说了句："我以后一定会出国的。"

许是当时的执念太深，深到老天都觉得该帮我实现。也不知怎样的机缘巧合，我在微博上认识了在新加坡国立大学就读计算机方面专业的学长。貌似我关注了一些旅行类的微博号，其中有一条微博分享的是新加坡的美景，我无意间评论了，而后对方在我的评论下回复了。就这样，他私聊了我。和我分享许多新加坡的风土人情。我告诉他，我很想出国去看看外面的世界到底是怎么样的，他说放暑假的时候他有空可以带我逛新加坡。

我和他聊了两三个月，各方面都比较志同道合，这期间他把他的身份证、护照和学生证都拍照发给我，还和我分享了一些他日常上课的视频。逐渐熟悉之后我觉得可行，便决定要去新加坡。出国要办签证，签证需要有资产证明，我要出国的事情是瞒着父母的，而我本人也没

有任何的资产可以证明，所以签证是他找学校给我开证明的，他开的几种证明让我顺利完成了签证。

这虽然是我初次出国，却不是第一次见网友。我大一暑假去香港培训学习时，也是和一群陌生的网友一起去的，所以我并不害怕。但我的舍友们担心得不行，他们总觉得我是疯了，胆子那么大，敢一个人去新加坡见网友。

我是在 2014 年 7 月 4 日出发的，因为这是我人生第一次坐飞机，也是第一次出国，所以我发了条微博记录。初次坐飞机，我是充满惊喜的，也惶恐的，坐在我边上的是个新加坡人，他用英语和我打招呼。我的英文一直不太好，除了基本的打招呼之外，不敢多说什么。

旅行可以让我们遇见更真实的自己，在一刻，我看到了自己的勇敢，也看见了自己的自卑。勇敢是因为我敢踏出这一步，独自出发，自卑是因为我的英语很差，两次高考，我的英语都没有及格，并且在大学里，英语更加荒废了，所以我不敢用蹩脚的英语和他人交谈。

厦门到新加坡直飞，五个小时左右就到了。我坐在靠窗的位置，全程都在看窗外的美景，身处云端，与天相接，我感受到了自由的美好。抵达新加坡之后，CT 已经在机场等我，因为已经在视频上见过多次，所以我并不觉得他陌生，反而像是多年好友，热络地聊了起来。

初次品尝新加坡的娘惹美食，想到的是厦门的沙茶酱，并没有特别喜爱。不过一碗椰浆紫米粥倒是特别符合我的胃口，浓郁的椰香味让人回味无穷。

新加坡又称狮城，是个美丽的花园城市，街道十分干净整洁，这点和厦门有些相似。不同的是这里聚集了许多来自世界各地的国际友人，街上到处是穿着各异的人，当下我有一种在这里不管我怎么穿，都不会有人觉得奇怪的自由感。但自由是相对的，这里的自由是通过严格的律法来维护的。

新加坡的法律制度在国际上是出了名的严格。甚至一些在我们国内觉得正常不过的事情，在新加坡也是不能做的。比如不能在公众场所吸烟、不能随地吐痰、不能大喊大叫、不能偷盗、不能在地铁内吃东西或者喝饮料，否则就是违反律法，要被处罚的，少则罚款，多则鞭刑。

鱼尾狮公园是新加坡必打卡的景点，鱼尾狮头是新加坡的标志和象征。CT还带我逛了滨海花园，这是一个将植物与科技巧妙结合的花园。

在新加坡环球影视城我经历了排队两小时，玩五分钟的体验。当时电影《变形金刚4》特别火爆，我特意去玩了这个项目，既刺激又好玩，有种身临其境的感觉，只是时间太短，意犹未尽。

因为CT是新加坡国立大学的学生，所以他特意带我逛校园，让我零距离接触国际名校。新加坡国立大学在2024年的QS世界排名中位居全球第8位，是世界一流的研究型大学。新加坡国立大学的大部分校园区域都是对游客开放的，包括公共图书馆、食堂和通行区域。游客可以在这些地方感受大学生活的活力和多样性。在CT的带领下我在校园内畅通无阻，因为是放假期间，所以学生不多。

初次见名校，我激动万分。学校的环境优美，设备先进，图书馆里藏书丰富，让人有种进去了就不想出来的感觉。不知为何，在校园里我感受到的还是自由自在的气息。在这里就读的学生都是"天之骄子"，在他们身上能够感受到自然流露的自信大方。当时的我就觉得这里充满了阳光、自信、美好和青春的气息，对我来说这些都是梦想的代名词。

那一刻，我突然能理解《风雨哈佛路》里丽斯初次进入哈佛时的感受，庄严肃穆的校舍，才华横溢的同学，为丽斯打开了通往未来的新世纪大门。于我而言，新加坡国立大学便是这般存在，它让我对名校有了更深的渴望。在 2018 年我工作期间，中国人寿有去北京大学游学的奖励方案，我义无反顾向前冲，最终走进了北大的校门。虽然当时游学的时间很短，但对我来说也是极为有意义的。我相信我的未来不止于此，终有一天我会正式在名校就读，成为优秀学子中的一员。

在这次出行期间出了点小插曲。我的生日都是在暑假，而我的暑假几乎都在外"漂泊流浪"，所以我没有过生日的习惯，但父母会打电话叫我自己买两个鸡蛋吃，每年都是如此。但那年我是瞒着家人出国的，在国外我的手机没信号，也没网络，所以他们给我打电话我没有接到，给我发微信我也没回。这可把他们吓坏了，他们联系兄长，而兄长也到处找不到我。

后来到了有无线网区域，我看到兄长的留言，他说："你再不回消息，我就要动用各种关系网找你了。"我吓得赶紧给他发微信，说明我的情况，还让他帮我瞒着父母，说我是外出培训学习了。后来我回国不久就和父母坦白了，被他们劈头盖脸一顿骂。

当时的我过于任性，做事情不考虑后果，而今想来确实有些后怕，因为新闻上有许多女子去见网友，就此消失匿迹了。只能说我是个比较幸运的人，因为我见过的网友都是十分友好的，甚至有诸多是来成就我的人。但我不鼓励其他人像我这般任性，凡事不能只是抱有侥幸的心理。

再次回忆起这段故事，仍十分感谢 CT 的出现，助我突破，带我成长，让我成为更勇敢的自己，也让我有勇气追求我的梦想。生活很奇怪，有些人好像就是莫名其妙地出现，带你走过一段路，而后就消失了。我的网友好多都是这样，CT 也不例外。

　　时间太久了，我也不知道在什么时候删了他的微信。写这篇文章的时候，我找到了他的微博，他也和我一样，早已多年不用微博了。但我还是给他留了一段话："CT，你还记得我们十年前见过吗？最近我在写自己的个人书籍，想起了第一次出国去找你玩的故事，特意翻开微博找当年的记忆。感谢你当初的照顾和指引。"

　　不管他是否会看见，我的感激之情一直不会变。成长路上，那些带你成长的人，兴许早已不再出现在你的生活里了，但我们应该记得，因为他们，你成了更好的你。感恩遇见，感谢有你。

　　那次出国我最大的变化就是我变得更自信了。在回国的飞机上，我敢用自己磕磕绊绊的英语和邻座的国际友人聊天，虽然不算侃侃而谈，但能正常表达自己的想法，能畅谈我的梦想。我已不再紧张和害怕，而是鼓起勇气去尝试。并且在后来的人生旅途中，我不断鼓励自己去尝试和突破，而我也因此不断成长，这就是这趟旅程最大的收获。

■ 古都韵味，南京游记

南京，这座历史悠久而充满魅力的古城，一直是我心中的向往，所以在 2020 年 5 月 30 日，我和闺蜜相约去南京，来一场说走就走的旅行。我终于能亲身体验这座历史、美食和文化相互交融的古城魅力。

一踏入南京的土地，我便被这座城市的厚重历史所震撼。南京在古代叫金陵，是六朝古都，历史悠久，拥有深厚的文化底蕴。我们首先到了南京博物院，在那里我眼界大开，因为博物馆里收藏着大量历史文物，在它们的带领下我仿佛穿越了时空，行走在历史长河当中。从远古时期的石器，到明清时期的瓷器、书画，还有许多栩栩如生的古代人物雕像，每件物品都见证了南京朝代的变迁，我站在其中，仿佛能听见历史在回响。

我们还去了明孝陵，这是明朝开国皇帝朱元璋和王皇后的陵墓，是中国规模最大的帝王陵寝之一。这座陵墓建筑雄伟，布局庄重，体现了古代皇家陵寝的威严与肃穆。明孝陵不仅是朱元璋和王皇后的安息之地，更是中国陵墓艺术的杰出代表，每年吸引着无数游客前来参观和瞻仰。

我爱极了朱自清的《桨声灯影里的秦淮河》，因为这篇文章，我对素未谋面的秦淮河充满无限遐想，总想追随朱自清的笔触，领略秦淮河的夜景，感受那灯火阑珊的韵味，所以当晚我们夜游秦淮河。

秦淮河畔，古色古香的建筑和繁华的街市相映成趣，让人沉醉其中。夜幕降临时，两岸的灯光璀璨夺目，与河面上的倒影交相辉映，营造

出一种梦幻般的感觉。我们坐在游船上欣赏美景，近期有灯会，到处
张灯结彩，但我却有些失望。亮堂堂的艳俗并非我所爱，也不是朱自
清笔下的样子，若是去掉那五颜六色的彩灯也许会多些韵味。我心想，
若下次再来，定不坐游船，只在岸边走走，兴许更能感受到秦淮河的
静谧和朦胧之美。

　　我到南京，一半为历史，一半为美食，所以这次旅行，我不仅要
探寻历史的痕迹，还要品尝这里的美食。南京的美食种类繁多，其中
最有名的莫过于南京盐水鸭、鸭血粉丝，还有南京大排档里的各种特
色小吃，样样都让人流连忘返。

　　在南京的街头巷尾，随处可见各种美食摊位和小吃店。我穿梭在
这些店铺之间，品尝着各种美食，感受着南京人民的热情与好客。每

2020 年 5 月 30 日，我和倩游南京

一口美食都让我对这座城市有了更深的了解和认识。其中，让我印象最深刻的一道美食叫民国美龄粥。

民国美龄粥源自民国时期，是一款融合传统与现代、口感与营养的美食。它以精白米为主料，辅以山药、百合、枸杞等食材，用豆浆进行长时间熬煮，所以呈现出淡雅的色泽和诱人的豆香。每一口都能感受到粥的绵密与食材的丰富口感，仿佛在舌尖上演绎着一段历史与文化的交融。

美龄粥不仅味道醇厚，而且营养价值极高。山药的滋补与百合的润肺，再加上枸杞的明目，使得这款粥不仅美味可口，更具有养生的功效。若是在寒冷的冬日，一碗热腾腾的美龄粥不仅能驱散寒冷，更能滋养身体，让人倍感温暖。

民国美龄粥，不仅是一款美食，更是一段历史的记忆。它承载着民国时期的文化与风情，让人在品味美食的同时，也能感受到那个时代的韵味。无论是早餐还是夜宵，一碗美龄粥都能带给人满满的幸福感。

我初次接触民国美龄粥是在北京的南京大排档，而后我家先生复制了这道美食，在家做过两回，做这道粥费时费力，需要长时间熬煮，但味道格外鲜美，我特别喜爱这道粥，所以这次到南京，特意点一份让闺蜜品尝，她也十分喜欢美龄粥的清新软糯。

除了美食和历史，南京的文化也是可视化的。自古以来它都是文化繁荣的象征，它见证了无数的历史变迁，孕育了众多的文人墨客，留下了丰富的文化遗产和独特的自然景观。南京的文化底蕴深厚，充满了文人雅士的智慧和才情。

在南京的文化中，古诗词占据了重要的地位。诗人们用优美的文字描绘着南京的美景，抒发着对这座城市的热爱和感慨。唐代诗人杜牧在《泊秦淮》中写道："烟笼寒水月笼沙，夜泊秦淮近酒家。商女不知亡国恨,隔江犹唱后庭花。"他用细腻的笔触描绘了秦淮河畔的夜景,表达了对历史兴衰的深沉感慨。而唐代诗人李白在《登金陵凤凰台》中写道:"凤凰台上凤凰游,凤去台空江自流。吴宫花草埋幽径,晋代衣冠成古丘。"他以凤凰台的变迁为线索,抒发了对南京历史文化的敬仰和怀念。

南京的文化名人也是层出不穷。他们以其卓越的才华和独特的思想,为南京的文化事业做出巨大的贡献。明朝开国皇帝朱元璋,他不仅统一了全国,还在南京建立了明朝的皇宫,使南京成了明朝的政治、经济、文化中心。还有近代的孙中山先生,他领导了辛亥革命,推翻了清朝的统治,为中国的民主革命做出不可磨灭的贡献。他的陵墓中山陵坐落在南京紫金山上,成了南京的一大文化景观。

南京是一座充满文化韵味的城市。无论是古诗词的描绘,还是现实中的文化遗产和民俗文化,都让人深深感受到这座城市的独特魅力。南京的文化不仅是城市的灵魂,更是中华民族文化的重要组成部分。

这次南京之旅,我不仅亲身感受到了这座城市的历史厚重和文化瑰丽,还品尝到了美食的诱惑和古诗词的韵味。南京的每一处风景、每一道美食、每一篇古诗词都让我难以忘怀。我相信在未来的日子里我还会再次踏上这片土地,去感受那些曾经发生在这里的历史故事和美好时光。

■ 细数北京带来的温暖

"当我走在这里的每一条街道，我的心似乎从来都不能平静，除了发动机的轰鸣和电气之音，我似乎听到了它蚀骨般的心跳……"初次听到汪峰的《北京北京》我特别好奇大帝都究竟是怎样的存在，那时也不曾想过我会在北京留下这么多的故事。我没在北京长时间生活，所以没有体验过北漂人士的辛酸，我只是一次又一次地走过路过，因为在城中遇见了一些可爱的人，所以到目前为止北京带给我的都是温暖。

头两次北上是因为爱情。我和王先生确认恋爱关系的第二天他就到北京上班了，而后我们经历了半年多的异地恋。2014 年 11 月 22 日晚我第一次来到北京，这个陌生的城市，因为有了知心爱人的存在让我倍感温暖。也是这次的北上让我确定王先生就是我要找的终身伴侣。

我曾和他说过我担心酒店的床单被褥不卫生，所以初次到北京时王先生就很贴心地把他宿舍里的床单被褥都带来铺上。望着那床干净整洁的被褥我感动不已，因为眼前这个男人真的在乎我，哪怕是我随口说的一句话，他都会在意并且用实际行动告诉我他在意我的想法和感受。

那时王先生在公主坟附近的商场做日料厨师，为了能陪我玩，他积攒了好几天的假期。对北京完全不熟悉的我在他的带领下去南锣鼓巷、逛后海、看鸟巢、上天安门、进故宫，爬长城。在长城山脚下，一缕阳光照亮了候车厅，王先生小心翼翼地帮我剪手指甲，我盯着他英俊的脸庞出神了，那一刻我内心笃定，眼前这个温柔体贴的男人就是我这辈子要找的另一半。

那次我回家之后，他买了一部单反，然后发朋友圈说"一路上，你负责微笑，我负责拍照。"之后的日子里，每次外出他都充当摄影师。我在行走的路上收获了爱情，所以北京对我来说，是一段爱情的开始。

我第三次去北京是去圆名校梦的。那是中国人寿送给销售精英的奖励方案，我拼尽全力完成了计划，所以公司送我们去北京大学游学。学生时代没有实现的名校梦公司帮我实现了。

2018年的国庆节，在未名湖畔，博雅塔下，我化身一名求学少女，用心体验作为北大学子的幸福生活。关于在北大游学的内容我在书中的另一篇文章写了，在此就不多做重复了。

那次去北京不仅是游学，我还和同事一起逛颐和园，游昆明湖，走十七孔桥，去后海喝酒，到老舍茶馆喝茶听戏，吃地地道道的铜锣火锅和北京烤鸭。

此外，我们公司还聘请导游带我们游故宫。二次入故宫，我紧跟在导游身后，听他详细介绍故宫的故事，也是那时我才知道电视剧里有很多关于紫禁城的故事是杜撰的。

2021年暑假，我和王先生带着正在上幼儿园的王小宝再一次北上，这次是满足儿子想坐飞机，想去北京看长城和故宫的愿望。

我家有一套名为《打开故宫》的翻页立体书，这是故宫600周年的纪念书籍，我在2020年给儿子买的，他隔三岔五就会翻看，每次看的时候都会和我说："妈妈，我想去看故宫，你以后一定要带我去看故宫哦。"我花几百元在他心里种下了一个故宫梦，梦想随着时间的推移不断生根发芽，所以这次我是带他来圆梦了。

"不到长城非好汉，屈指行程二万"，时隔七年再上长城，周遭的

带王小宝爬长城，让他亲身感受长城的雄伟壮观

爱 的 力 量

清晨，我站在拉斐特城堡酒店前，沐浴在阳光下

环境有了天翻地覆的变化，当初那个充满浪漫色彩的候车厅没了，但商业气息却更加浓厚了。

王小宝在吹糖人师傅的引导下给自己吹了个小猴子样式的糖人。这趟旅程儿子的表现特别好，所有路程都是自己走的，包括爬长城的时候。

我觉得有些文化就得可视化，让他亲自去看、去摸、去感受，所以我们带他走了许多地方。带他在鸟巢和水立方玩耍，在颐和园坐船游览。带他去了梦寐以求的故宫，我们一起寻找历史遗留下来的痕迹，感受深厚的文化底蕴。

我们还陪他去老舍茶馆体验京味儿文化。王小宝特别喜欢现场的表演，每个节目都看得津津有味。虽然当时他还小，但他一直记得那次旅行。至今三年过去了，他仍会念念不忘他的北京之旅，还经常和小伙伴们分享。

在这次出行中我最大的收获是在北京的全季酒店里看到了季琦的《创始人手记》，我从书中深入了解一个企业家的思想、工作和生活。他创业的故事触动我的内心，从携程到如家，到汉庭，到全季，再到华住会，他讲述了自己创业的初心和各个酒店的定位及文化。

从那之后，我外出时大多住全季酒店。那时住店期间我还没把书看完，等我退房时，工作人员把这本书送给我了。今年我在写《爱的力量》这本书的时候，还特意再去翻看了那本书，并且从中获得不少灵感。

在同一个城市，和不同的人在一起就会发生不一样的故事，而我们就是通过这些故事认识这座城市，了解生活在这座城市里的人，也因此感受他们的喜怒哀乐、悲欢离合。

今年，我为了心中热爱的心理学又开始北上追梦。顺道的总部在北京，所以顺道的线下课程几乎都是在北京。今年我两次去北京都是和一起学习心理学的学姐做伴，认识了一群来自天南地北的同学，也发生了一系列有趣的故事。

2023 年 6 月 8 日那天，在北京发生了一件既惊又喜的事情。惊的是我新买的手提包被我落在了北京首都机场，里面有我的订婚戒指和对表，这两样东西对我来说意义重大。我是离开机场半小时左右才发现的，然后立马联系机场失物招领处，虽然几经折腾，却没有任何的音讯。

喜的是，幸运女神非常眷顾我，好几个小时的时间，我的手提包一直安静待在座椅上，虽然人来人往，但没人将它拿走，机场工作人员找到了它。我立马叫闪送，一个多小时之后我就收到了我的手提包。失而复得是种幸福，所以我单独给快递小哥发了个小红包，感谢他带来的喜悦。也是因为这件事情，我更喜欢北京了。

那次出行带来的惊喜远不止于此，除了课程带来的巨大收获之外，还发生了一件令人难忘的事情。我身份证上的生日是 6 月 11 日，这件事我没有告诉任何人，但那天下课的时候，顺道给我带来了一个非常大的惊喜。

课程结束时，助理在台上喊我的名字，我疑惑不解地走上台，结果她告诉我："今天是你的生日，顺道要给你过生日。"然后有人推出了一个既大又漂亮的蛋糕，还拿了"小皇冠"给我戴上。那一刻我惊呆了，我何其有幸能被一群人记挂着。和我一起上台的还有另一个同学，因为那天也是她的生日。我的生日在暑假，大多是自己一个人过的，成家之后我家王先生会记得，但很少有一群人陪我过生日，所以那天我激动不已。

同年十月份我又去北京上课，这次结识了许多志同道合的好友。

这是一次大型的网友见面会，大家来自五湖四海，每天晚上下课都欢聚一堂，聊天小酌，谈天说地，分享各自的梦想和成长历程。

有一夜到凌晨一点半左右才散，大家都意犹未尽，其中有个同学告诉我："小兰，我太喜欢听你分享了，你天生就是一个导师，你的声音给人一种特别有力量的感觉。"就在那一晚，我突然发现原来我总觉得自己不合群，其实是因为没有找对群体，酒逢知己千杯少，确实如此。

在离别前一晚，我和几个一起学习的小姐妹聚餐，全程都充满欢声笑语。聚会散去，我和好友 F 去她常去的小酒馆喝精酿啤酒。她是个营养师，有十年的海外经历，吃遍各路美食，她已经创建了自己的学苑。

那晚是我们第一次深入交流，我们聊心理学、聊人类图、聊金钱关系、聊梦想、聊刻骨铭心的爱情。我们分享彼此几天学习的收获，深入拆解关于系统的运行法则，那时我发现同频的人真的会有说不完的话。

从北京回来之后，我们一直保持联系，支持彼此的梦想，也互相监督各自的落地。

每个城市都有属于自己的城市名片和历史记忆，也有属于自己的特色和韵味。生活在城市中的人对这个城市的理解和感受都是不同的，这些感受大多和周遭的人际关系及生活经历有关。我在北京待的时间太短，所以我对北京的认识很浅薄，仅有的记忆都充满温暖，因此对我来说北京是个满怀梦想和感动的城市。

■ 圆梦之旅，西藏之行

说起西藏，我得感谢这个地方，虽然在这之前我与它素未谋面，但它却是我的"媒人"，因为它，我才能和王先生相识、相知、相爱。

大四那年，我玩心四起，想来一场与众不同的毕业旅行。所以2014年10月3日那天，我在网上发布一篇徒步去西藏的旅行帖，王先生看见后在帖子下留言，他要骑行去西藏，然后约我组队骑行318。当时想着一群人一起骑行入藏，这是件多牛、多了不起的事情呀，所以就答应了。

他拉我入西藏骑行群，我们还组建了一个五人小组，三男两女，都是爱玩、爱闹、爱挑战自我的年轻人。一辆单车，一台单反，一个背包，这就是当初的梦想和约定。为了这个梦想我们做了多方准备，各自买了辆山地车自行车，规划好骑行路线，买了整套骑行装备，此外还坚持每天运动2小时，强健体魄。

可惜天不遂人愿，那阵子正好是我写毕业论文的时间，论文需要不断修改，连标点符号都改了好几回。因此错过了最佳的入藏时间。当时我们已经谈恋爱了，我没去，他自然也没走。五个小伙伴中只有我们两个没有兑现承诺，其他三人都各自去西藏，其中有两个小伙伴真的是骑行入藏的。

毕业论文完成之后，我开始实习。不久，大学毕业了，我正式步入社会参加工作。而后我俩结婚生子，忙于生计，梦想就此搁浅，西藏则成了我们心中的遗憾。

2023 年 4 月 13 日，当香红老师说要去西藏，约我一块前往的时候，我爽快地答应了。那时已经决定要出书，想约见香红老师讨论书本的内容。为了新书的写作，也为了那个 9 年来一直梦寐以求的地方，我再次来了一场说走就走的旅行。

因为西藏，我遇见了爱情；因为西藏，我见到了我生命中的贵人（香红老师）；因为西藏，我有了《爱的力量》这本书的封面，所以我格外感谢这个地方。

我先去西安和香红老师汇合。4 月 25 日晚我们坐上从西安到拉萨的火车。火车翻山越岭，一路前行，到了西宁之后统一换乘有供氧设备的列车。四人车厢过于狭小，除了夜晚睡觉外，我和香红老师大多待在餐车喝茶、聊天、吃饭、拍照、欣赏窗外的美景，惬意而美好。

沿途的风景都是大开大合，给人一种豪迈的感觉。远处是雪山，近处的牛羊，山川湖泊尽在眼前，我们深入其中，不能自拔。

入藏后，我们遇见一个有趣且健谈的司机，他载着我们在布达拉宫外围绕了一圈，让我们近距离接触这座充满神秘色彩的宫殿。初次见到人民币 50 元的背景，我的心情无比激动，立马拿起手机录了一段视频。

布达拉宫，这座雄伟壮丽的建筑，在蓝天白云的映衬下显得更加庄严神圣。它的每一块石头、每一扇窗户都仿佛在诉说着古老的故事，让人感受到无尽的神秘和魅力。

这期间，我没有太大的高原反应，只是略微头痛，为了防止高反，我吃了颗红景天胶囊。我们住在布达拉宫正对面的新华宾馆，坐在房间内向外望去，布达拉宫的美景一览无遗。

夜幕降临，我站在落地窗前，眼前的布达拉宫被点亮了灯火，仿佛一座金光闪闪的宫殿，静静地矗立在夜色中。远处的山峰也被点亮了，

这一刻，我爱上了我自己（摄影师：白槿；化妆师：坤坤）

与布达拉宫的灯火交相辉映，形成了一幅美丽的画面。

我凝视着这座古老的宫殿，心中涌起一股莫名的感动。这座宫殿见证了太多的历史变迁和岁月沧桑，但它依然屹立不倒，静静地诉说着自己的故事。

第二天，我和香红老师相约拍组藏族写真留作纪念。穿上藏袍的那一刻，望着镜中的自己，我被自己惊艳到了。这身衣服似乎拥有魔力一般，让我看见不同版本的自己。未曾享受过颜值红利的我，不曾想过有一天，我会爱上镜中的自己。化完妆，做完造型之后，我站在镜子前欢呼雀跃道"天啊，这简直太美了吧"，这一刻我就是美丽的藏族卓玛。

这套写真对我而言，最大的价值就是它让我知道每个人都可以做各种尝试，遇见别样的自己。古人云，"士为知己者死，女为悦己者容"，但我觉得女孩子最该为己而容。无论别人如何看待你，我们都要学会自我欣赏。如果你不懂如何突破，我建议你和我一样，多尝试。每到一个地方，拍一组当地特色的写真，总有一天，你爱上"善变"且有趣的自己。

我的化妆师叫坤坤，专业而温柔，她会根据我的情况，设计适合我的妆容和造型。知道我要拍两组照片，她就给我做了两套差别比较大的妆容。看到我选的两组服装颜色相近，她特意提醒，建议我换一组天蓝色的，然后做了一个仙气飘飘的造型（书本封面这套衣服和造型）。

她在化妆的过程中，最常说的话是："往上看，放松。"她化妆的手法很轻、很温柔，在做头发时需要夹很多夹子，她一直说："小姐姐，如果弄痛你了，你一定要说，不要忍着。"西藏太过干燥，我的嘴唇都起皮了，在化妆前，她还特意给我涂上厚厚的唇膜。她的体贴入微让

感谢摄影师满足了我的"侠女梦",这张照片让我想起了苏轼的"会挽雕弓如满月,西北望,射天狼

我感受非常好。

摄影师白槿是个优秀的小哥哥，他的审美眼光独到，仿佛拥有一种神秘的魔力，能够捕捉到常人难以察觉的美。他取景的角度别具一格，总能发现那些被人忽视的细节和独特视角。在构图上，他更是展现出了超凡的技艺。他巧妙地将各个元素组合在一起，形成了一幅幅和谐而富有层次感的画面。我这本书的封面就是由他拍摄的。

漫步在八廓街，两侧琳琅满目的藏族特色商品和五彩斑斓的经幡让我目不暇接。在西藏的街头巷尾，随处可见转经筒的身影。这是藏族人民祈福的一种方式，他们用手轻轻转动经筒，口中默念经文，为自己和家人祈福。我也试着转动了几个转经筒，感受到了那份虔诚与信仰的力量。

托香红老师的福，我见到了文友冰月姐，来了场以文会友。她在西藏工作多年，那天正好赶上他们公司聚餐，我们蹭了顿具有当地特色的晚宴。离开西藏时，她还送我们许多原汁原味的当地特产。

当晚我们去看文成公主实景剧场。这是以文成公主与松赞干布的历史故事为蓝本，借助现代科技，再现了那段千年的传说。灯光映照下，金碧辉煌的宫殿和山川美景交相辉映，让人仿佛置身于那遥远的时代。随着悠扬的音乐响起，藏族骑士自山中策马而来，少女们翩翩起舞，那一刻，我仿佛见证了文成公主与松赞干布的美好爱情。这一幕幕震撼人心的画面，让我深深感受到了藏族文化的独特魅力和深厚底蕴。

现场十分壮观，从布景到故事，再到演员状态都非常出彩，天空中飘下的"泡泡雪"真的能够以假乱真。特别建议进藏的小伙伴们都去看看，它不仅是一场视觉盛宴，更是一次文化的传承和弘扬。温馨提醒，观看演出记得租军大衣，因为拉萨的夜晚比想象中更冷。

在文成公主剧场外，我们遇见了一个叫易苦的歌手在唱歌。地上摆放着他的原创专辑《再回西藏》。他长得很像毛不易，我愿意为热爱而买单，支持他的梦想，所以我买了他的专辑，还点了一首朴树的《平凡之路》。

他的《平凡之路》把我唱泪目了，想起了当初约好一起骑行入藏的小伙伴们。那晚我听他唱了一首《蓝莲花》、一首《光辉岁月》，还有一首《后来》。他的声音浑厚而富有感情，每一首歌都仿佛在诉说着一个关于西藏的故事。一群人在西藏的广场上，面对布达拉宫唱着各自心中的梦想。

那晚我加了他的微信，我说要让他成为我书里的人，他说要让我成为他歌里的人。我让别人帮我拍了张与他的合照，而后发了个朋友圈，他评论："如果我没有那么胖就好了"，我说"如果我能多待几天就好了"。他回复了一句："江湖儿女江湖见"。是啊，江湖儿女江湖见，希望下次再进藏有机会和他喝两杯。

西藏的治安比我们想象中的好，随处可见武装上阵的警察，让人安心而踏实。在这里，虔诚是肉眼可见的，路上有许多朝拜的人，一路三跪九叩，用行动"述说"着自己的信仰。我很佩服那些朝圣的人，他们坚定不移的信念让人深受震撼。

离开西藏那天我们尝了藏族早餐，甜茶、藏面和牛肉饼，感受不同的风味。

在西藏待的时间太短了，格外舍不得，我和香红老师说"西藏真的是个有魔力的地方，我朋友都三次进藏了，还想来。现在我都舍不得走了，好想留下来。"是真的想多待几天。又转念一想，没事，这次的遗憾留给以后，以后进藏来拍婚纱照。

我的圆梦之旅，西藏之行，如同一首壮丽的史诗，在我心中久久回荡。从布达拉宫的庄严肃穆，到夜晚的灯火辉煌；从藏袍的华丽典雅，到专业摄影师镜头下的奇幻世界，每一个瞬间都仿佛凝聚成了永恒。

　　这次旅行不仅让我领略了西藏的自然风光和人文魅力，更让我感受到了心灵的震撼和文化的传承。我深知，这段旅程将成为我人生中最宝贵的回忆，也会成为我不断前行的动力。

　　在未来的日子里，我将带着这份美好和感动，继续探索这个世界的奇妙与广阔。西藏之行，不仅圆了我的梦，更开启了我新的征程。愿每一个热爱旅行、追求梦想的人，都能在路上找到属于自己的风景和故事。希望下一次，我是和王先生一起进藏，再次谱写爱情的新篇章。

■ 我与丽江的不期而遇

刚读大学时我想到处行走，用双脚丈量大地。想去的地方中就有丽江，那种感觉很强烈，为此我几次查询从厦门到丽江的火车，但对于当时的我来说，无论是时间上还是金钱上，我都无法承担得起这趟旅行，所以就此搁浅了。时隔 14 年，在 2023 年的五月份，我终于跨出了这一步，来到了丽江。

三月份，顺道公布导师班在丽江上课，我知道后二话没说报了课程。没想到导师班的时间与我在小学上的课后延时课程起了冲突，我只能遗憾地放弃这次机会。但丽江仍在"呼唤"我，得知顺道觉舞课程也在丽江时，我兴奋不已，马上定了去丽江的机票，我注定要和丽江不期而遇。

初次到丽江，我住在玉湖村的一家酒店内，它坐落在玉龙雪山之下，抬头仰望，玉龙雪山神圣而威严。我住的酒店平日不接待游客，只为上身心灵类课程的团队提供场地和住处，所以从环境布置到整体场域都很纯净的感觉。身处大自然之中，在洁净的环境里，我们相约遇见更高版本的自己。

在这里，我第一次见到了我心理学的师父荣姐。近距离接触荣姐，有一种莫名的亲切感，她本人给人一种温柔而有力量的感觉。她只是静静坐在那里，就让人想要靠近，看着她，我脑海里出现了"心里有爱，眼里有人"八个字。

我上的是顺道觉舞课程。去上课之前我内心忐忑，因为我没有任

在玉湖村中，感受纳西族文化（摄影师：福宗；化妆师：欢欢）

何的舞蹈基础，虽然也曾幻想过自己有一天成为一名舞者，可那毕竟是幻想，我并没有为此付出任何行动去学习。但觉舞颠覆了我对舞蹈的认知。和我一样，我的同学们也大多没有任何舞蹈基础，但在老师的引导下，每个人都学会了如何跳舞。课程中的舞蹈没有模板，我们只是绽放自我，随心而动，舞动奇迹。

三天的课程，我们不断向内观，看见自己，突破禁锢，也是那时我明白了只有释放才能绽放。最让我觉得不可思议的是平时我转圈没转几圈就会晕头转向，站都站不住，但是在上苏菲旋转的环节中，我连续转圈 20 分钟，不仅没有晕，还特别享受这个过程。

课程最后一天，我们三十几个人在玉龙雪山下，龙女湖畔，与大自然融为一体，舞动自我，用舞蹈表达我们的情绪和感受。自从上完觉舞课程，我听到音乐身体就会不知不觉想要动起来，整个人也更加有活力了。

课程结束之后，我和朋友相约逛丽江古城。丽江古城是茶马古道上有名的城镇之一，古城内木楼青瓦，古街石巷，小桥流水，景色十分秀丽。看到丽江的标志性水车，我激动万分，那是种"丽江，我终于来了"的感受。

我们在古城内闲逛，吃了顿正宗的菌菇火锅后，便穿梭在各家酒吧之间，感受来自古城的热闹非凡。

第二天我们报了个小的旅行团，欣赏蓝月谷美景。蓝月谷位于玉龙雪山脚下，是玉龙雪山的雪水融化，流经此地形成的。蓝月谷有"玉液"湖、"镜潭"湖、"蓝月"湖和"听涛"湖四个颜色各异的湖泊，还有很多小瀑布错落有致，拍照十分漂亮。

隔天我们开启一项新的挑战，爬玉龙雪山。玉龙雪山是丽江知名景点之一，也是纳西族心中的神山。一共 13 座山峰连绵起伏，似银龙飞舞，因此得名。

上山前导游说起各种高原反应，让人担心不已，好在我们的行程一切顺利。我们乘坐玉龙雪山索道，直达海拔 4506 米的冰川公园。下了索道后，沿着冰川上铺设的木质栈道，一直登顶到海拔 4680 米的最高处，近距离感受雪山和冰川的魅力。

我非常轻松愉快地登顶了，或许因为我去过西藏的缘故，所以没有任何的高原反应，随身携带的三瓶氧气也没有用上。

在海拔 4680 米石碑处，我拍了几张照片留作纪念，借此表达我登顶成功的骄傲。身处高山之巅，我心生愉悦之情，立马给母亲和儿子发视频，和他们分享雪山美景。玉龙雪山以"险、奇、美、秀"著称，这些特点只有身临其境才能感受到。

登高望远，面对白雪皑皑的玉龙雪山，我内心充满了敬畏之情，也感叹大自然的鬼斧神工。我特意找个人少的地方，席地而坐，静心冥想。当我的身心都安静下来时，微风带着一股寒气从我指尖划过，那一刻我似乎与天地相连，一股浩然正气油然而生。

在丽江，我依然被幸运女神所眷顾，从入住酒店开始，一路顺风顺水。办理入住时，我和酒店接待人员萍姐详细聊起我的行程安排。我想拍一组具有当地特色的写真，因此和她咨询当地的风土人情。她向我推荐了我们那次课程的摄影师福宗小哥，因为他是纳西族人，而且他家是开民宿的，所以课程结束当晚，我就和另外两个小伙伴一起入住他家的民宿。

小哥和我一样是名 90 后，为人实在。当地交通不便，所以我们上下山都是他免费接送的，为此我特别感恩。

纳西族以胖为美，所以他们叫女孩子为胖金妹。纳西族妇女以勤劳能干，贤德善良而著称，她们的传统服饰具有鲜明的民族特色，名

爱 的 力量

虽然这图看起来像修上去的，但这真的是我现场拍的，纪念自己登上海拔 4680 米的位置

之为"披星戴月"。在化妆师欢欢的帮助下，我在玉湖村中化身胖金妹，拍了一组纳西族特色的写真。拍完写真之后，摄影师小哥带我们去品尝当地的特色美食，还喝了当地人自家酿的粮食酒。在诸多菜肴中，一道野菜汤惊艳了我的味蕾。

在丽江，我体会最深的是当地人身上的松弛感。饭店老板和我说，他们大多是在自家的房子开民宿或饭店，没有太多成本。平日里吃自家种的菜，花销也不大。

那晚我们吃饭吃到九点多，我还意犹未尽，打算多加两个菜，再来点小酒，老板笑着和我说："不好意思，我们打烊了，大家都下班了。"我们走后，老板也没有收拾，直接上楼睡觉了，说明天再收拾。

回到小哥家后，我们继续泡茶聊天，挑选当天拍的照片，惬意非凡。隔天早上还吃到了小哥母亲做的饭菜，地地道道的家常菜，香甜可口。吃完饭坐在院子里的秋千上，抬头看蓝天白云，悠悠哉哉晒着太阳，这就是岁月安好。

写到这里时，我的内心欢喜。回忆起这次与丽江的不期而遇，仍然觉得轻松愉快。希望下次我能带家人去丽江玩，在小哥家多住几天。

■ 风花雪月见大理

到了丽江之后我不舍就此离开云南，脑海里闪现充满文艺气息的大理。大理，这个坐落在云贵高原上的古城，自古以来一直都是诗人墨客眼中的世外桃源。它以"风花雪月"闻名于世，每个字都蕴含着这片土地独特的魅力。而我，为了亲身感受这"风花雪月"的韵味，踏上了前往大理的旅程。

2023 年 5 月 20 日，我从丽江坐动车到了大理。我住在离洱海不远的民宿里，这是顺道的道友开的。

在洱海的夕阳树下我看到了"中国最佳爱情表白地 —— 大理"的石碑，这是诸多情侣打卡的地方。许是出门太久，面对洱海时我的心里想的是厦门，也是那一刻我再次明白，原来无论我走多远，我最爱的还是厦门。

"下关风,上关花,苍山雪,洱海月。"这是大理最著名的"风花雪月"四景。

在大理古城，我首先感受到了下关风的独特魅力。走在古城的大街小巷，阵阵清风拂面而来，带走了我身上的疲惫和燥热。

夜晚的洱海，宁静而神秘。一轮明月高悬天际，与湖水相映成趣。我静静地坐在湖边，聆听着湖水拍打着岸边的声音，感受着月光洒满大地的温柔。这里的月，不同于其他地方的月，它更加明亮和圆润。在月光的照耀下，整个世界都仿佛变得柔和而梦幻。

那晚，我站在洱海旁默默发了一个愿"苍山为盟，洱海为誓，往后余生，绽放自我，赋能他人。"人活着总要有些属于自己的情怀，而我希望自己能够"成人达己，成己为人。"

我出发去大理之前香红老师给我推荐了摄影师邹哥，让我联系他，为新书拍些插图。到大理之后我便和邹哥约拍。

拍照那天龙哥来接我，带我去找化妆师乐乐化妆。在大理古城的一家摄影店里，我换上了一套精致的白族服饰，戴上了美丽的头饰，化上了淡雅的妆容。站在古城的某个角落，我仿佛化身为一位白族姑娘金花，与这片土地融为一体。

而后我们和邹哥集合，我和他们说了我要写书，以及我的一些想法，所以他们带我去了凤阳邑。凤阳邑是电视剧《去有风的地方》的取景之地，其内有条著名的茶马古道，位于下关至大理之间的大风路中途。南临太和城遗址，始建于汉代，成型于南诏、大理国时期，是滇藏茶马古道大理段的一部分，也是南诏都城太和城及阳苴咩城的官道之一。

邹哥说要拍出生活感，所以让我尝试和当地人沟通，亲手制作当地特色小吃。我们选中了王大妈野生菌手揉饵块的摊位。

王大妈是个爽快人，简单沟通她就答应手把手教我做饵块。饵块和大田的粿饺类似，材料是我们常说的糍粑和年糕，做法很像包饺子。我先拿一团饵块，在案板上揉捏铺平，然后整张放在小木板上，再加入各种当地特色酱料，油条、野生菌、玫瑰酱、肉末等，之后包成饺子形状，最后放在炭炉上烘烤一会就好了。手工饵块的口感软糯，咬到中间的油条酥脆，各种酱料的香味融合在一起，层次感丰富，很是美味。

在制作过程中，我感受到了传统手工艺的魅力和文化的传承。当我品尝到自己亲手制作的饵块时，心中涌起一股成就感和自豪感。这次体验让我更加深入地了解到大理的传统文化和美食文化。

邹哥捕捉着我与大理之间的每一个瞬间，将这份美好定格在镜头里。拍摄过程中，我深深感受到了白族服饰的精美和文化的独特。这套写真不仅是对我的一次美丽记录，更是对大理白族文化的一次深刻体验。

除了在凤阳邑的街道上拍照之外，我们还在洱海旁取景。洱海旁的照片大多是龙哥拍的，我的表情一直不自然，无奈之下他只能和我讲笑话，讲完笑话我又笑得停不下来。就这样折腾了一个下午。不自然的我和美丽的自然风光放在一处，显得格格不入。

邹哥是专业的摄影师，龙哥主要以拍短视频为主，他们都是有才且有趣之人。特别感谢他们花了一个下午的时间帮我拍照。他们理解并支持我的文艺之心，还站在专业的角度上还给我许多实用的建议。这趟旅程我受益匪浅。

身为吃货，走到哪里我都会找机会品尝当地的美食，所以邹哥他们带我去一家较为偏僻的餐厅，点了几道当地特色的菜肴。我还喝了瓶当地的啤酒——风花雪月。

吃完饭之后，我想去大冰的小屋听歌。我觉得自己一个女孩子去酒吧多少有些不太方便，就请龙哥陪我去。时间较早，龙哥先带我逛大理古城，和我介绍大理的特色，也教我购物如何避坑，少缴智商税。

漫步在古城的大街小巷，我仿佛穿越到了千年前的大理国。青石板铺成的街道两旁，是古色古香的民居和商铺，每一处都透露着浓厚的历史气息。我置身于这片古老的土地上，仿佛能听到风的呢喃、花的低语、雪的轻唱和月的悠扬。

在古城一家名为《猫的天空之城》的概念书店内，我给两年后的自己寄两张明信片，写下两年内的目标，为自己留点念想，留份期待和仪式感。

身着白族服饰，亲自动手做白族特色小吃饵块（摄影师：邹哥；化妆师：乐乐）

在大理的街头，做一回元气少女（摄影师：邹哥）

逛几圈之后，我们才到大冰的小屋坐下。在昏暗的角落里，一群人聚在一起，喝酒、唱歌、听别人的故事。随着音乐的响起，我沉醉在这片独特的氛围中。这里的歌手嗓音独特，歌声悠扬动听。我享受着这份宁静与惬意，感受着大理夜晚的温柔与浪漫。

不知有多少人和我一样羡慕大冰笔下的生活，既可以朝九晚五，又可以浪迹天涯。有梦想就一定要出发，因为出发就会到达，不管目的地是哪里。这些年我一直走在圆梦的路上。

旅行路上充满了未知的乐趣，你永远不知道下一刻会发生什么事情，遇见什么样的人。缘分很神奇，在大理我和好友亮亮上演了一场有缘千里来相会的大理偶遇。月初时我因外出错过他在福州举办的婚礼，没想到月末在大理古城相遇了。他带老婆和丈母娘出来度蜜月，看到我的朋友圈，立马给我打电话，和我相聚在大冰的小屋里。

离开大理的那一刻，我心中充满了不舍和留恋。我知道，这次旅行只是我与大理之间的一次短暂邂逅，但它却让我收获了许多美好的回忆和感悟。在未来的日子里，我还会再次踏上这片土地，去感受更多的美好和惊喜。因为在我心中，大理不仅仅是一座城市，更是一个充满梦想和希望的地方。

第四章：见众生

■ 反抗才是回击校园霸凌最好的方式

阳光灿烂的校园本该是孩子们欢声笑语、快乐成长的地方，但校园霸凌的阴影却悄然存在。校园霸凌不仅会对孩子的身体造成伤害，更重要的是，它会对孩子的心理产生深远影响。受害的孩子可能会因为恐惧和自卑不敢反抗，长期的忍受和压抑会导致他们产生心理疾病。

我的来访者媛媛就是校园霸凌的受害者。面对校园霸凌，当时的她太过无助和弱小，只能选择忍受和逃避，为此留下巨大的阴影。

我也曾遭受过校园霸凌，但我敢于反抗，比起媛媛我多了份勇敢，也少了份伤害。通过媛媛和我个人的经历来看，我深刻地明白了，反抗才是回击校园霸凌最好的方式。

那时媛媛的家境贫寒，有限的条件让她没有太多物质方面的选择。因为要帮家里干农活，所以她穿着随意，不修边幅，衣服上总有没洗干净的污渍，看起来邋里邋遢，同学们嫌弃她脏，不肯与她待在一起。此外媛媛比较木讷，遇事反应慢，总给人一种慢半拍的感觉，因此时常有人骂她傻。

她读初中时开始住校，宿舍里一共十个人，没有人愿意和她做朋友，大家都孤立她，对她冷嘲热讽，甚至故意捉弄她，往她床上倒水，让她无法睡觉。欺负她时还会警告她如果告诉老师或家长，就会打她。

她既害怕又无助，不知如何是好，唯有默默忍受。

那段日子她常做噩梦，梦里的她被人推下高楼，一命呜呼。她被吓醒了，满头大汗，满是惶恐。她害怕噩梦变成现实，所以放假回家之后就不肯回学校了。在学校被欺负的事情她没和任何人说起，只是告诉父母她不想读书了，要出来帮家里干活。因为经济条件有限，父母也没多问，初一没读完，她就此辍学。

虽然已经离开学校，远离伤害她的人群，但她仍会时常做噩梦，在梦里被辱骂殴打。即使长大成人，她偶尔还会做这类的噩梦，因此她来找我，说出了这段无人知晓的故事。

其实，在我成长的过程中，校园霸凌好似一直都存在。最为明显的是我刚从老家转学到大田读书时，母亲告诫我在学校不要惹事，如果别人欺负你，你就忍让一下。那时的我时刻谨记母亲的教诲，所以我有了个消失的二年级，即使到了三年级，我依旧是班里的透明人。成绩一般，普通话不标准，除了偶尔受到同学的冷嘲热讽之外，没有太多参与感。但从四年级开始，我成了不一样的自己。

那时的同桌是个男生，总爱调皮捣蛋，他经常用言语伤害我。一边骂着难听的话，一边对我拳打脚踢。刚开始我都是忍着、让着，因为当时的自己比较自卑和软弱，不敢反抗。

后来他就变本加厉，居然在课堂上打我，我忍无可忍，鼓起勇气开始反抗。不管三七二十一，我对着他狂揍。他不曾想过我会反手，先是愣住了，然后开始和我对打。许是忍受了太久的委屈和愤怒，我的情绪瞬间爆发出来，不顾疼痛，手脚并用，直到把他打哭了还不肯停手。老师看到了，立马来过来制止我，问我们两个是怎么回事。我说他莫名其妙打我，他哭诉指责是我打他。那节课我们两个都被老师罚站，但他再也不敢欺负我了。

从那之后，我终于明白了，面对校园霸凌，忍让只会让对方得寸进尺，唯有反抗回击才能保护自己。自此，我成了别人不敢轻易招惹的"坏女生"，但凡有人欺负我，我一定会反击。

泰戈尔说："上天完全是为了坚强你的意志，才在道路上设下重重的障碍。"如此说来，上天一直在锻炼我的意志，因为我在不同阶段遭遇过不同程度的校园霸凌。被打的经历不多，但因为外貌原因，直到初高中我还时常被人指指点点，起各种外号。这期间也曾被人吐过口水，可我好像没有那么在乎了。谁骂我，我就骂回去，谁打我，我也会打回去。我从不主动伤害别人，但若别人伤害我，我也会奋起反抗，我的善良一直都带着锋芒。

我曾和许多朋友聊起过校园霸凌的话题，他们说像我这样敢于反抗且内心强大的人很少，更多人像媛媛那样，在校园霸凌中身心都遭受严重的迫害，从而影响正常的发展。就此说来，我更加确信反抗才是回击校园霸凌最好的方式，为什么呢？

因为面对校园霸凌，反抗不仅可以保护自己的权益，还可以传递出一个明确的信号：这样的行为是不被接受的。反抗能够展示受害者的勇气和决心，让霸凌者意识到他们的行为是错误的，进而可能停止霸凌行为。同时，反抗也可以激发其他同学的勇气和正义感，共同抵制校园霸凌。

当然，反抗并不是一件容易的事情。它需要受害者有足够的勇气和决心，同时也需要他们学会寻求帮助和支持。在这个过程中，学校、家长和社会都应该给予受害者足够的支持和帮助，让他们能够勇敢地站出来反抗霸凌行为。

《少年的你》就是部深刻反映校园霸凌严重性的电影，内容触动人心。影片中，女主陈念因为一次意外卷入校园暴力事件，成了霸凌者的目标。她遭受着言语的侮辱、身体的伤害，甚至被迫卷入更严重的犯罪。然而，陈念并没有选择沉默和忍受，她勇敢地站出来反抗，寻求帮助，最终成功摆脱了霸凌的阴影。

这部电影让我们看到了校园霸凌对受害者身心的巨大伤害，也让我们明白反抗和寻求帮助的重要性。我们应该关注校园霸凌，为受害者提供支持和帮助，共同营造一个安全、和谐的社会环境。

为了更有效地解决校园霸凌问题，我们需要从多个方面入手。学校可以加强对学生的教育和引导，培养他们的法律意识和道德观念，让他们明确知道什么是霸凌行为以及如何应对。同时，学校还应该建立完善的反霸凌机制，包括制定明确的规章制度、设立专门的举报渠道和处理机构等，确保受害者能够得到及时有效的帮助和支持。

家长要关注孩子的成长环境，及时发现并解决孩子可能面临的校园霸凌问题。他们要学会倾听孩子的声音和诉求，并给予他们足够的支持和关爱。

社会各界也应该加强对校园霸凌问题的关注和支持。媒体可以加强对校园霸凌的宣传和报道，让更多人了解这个问题的严重性并积极参与解决。

校园霸凌是个全球范围内都普遍存在的问题，就连特斯拉的创始人伊隆·马斯克也曾被霸凌过。在他少年时期，由于年纪较小、身材矮小且不善交际，在学校中成了欺凌者的目标，被扔下楼梯并遭受殴打。

他曾直言："未曾经历过鼻梁被揍的经历，就无法理解这种欺凌对一生可能产生的深远影响"。这段经历对马斯克的成长产生了深远的影响，让他更加珍惜自己的成就，并通过自己的努力改变世界。因为自身的经历，他呼吁社会关注校园霸凌问题，为受害者提供更多的支持和帮助。

美国现代成人教育之父戴尔·卡耐基曾说过："人在身处逆境时，适应环境的能力实在惊人。人可以忍受不幸，也可以战胜不幸，因为人有着惊人的潜力，只要立志发挥它，就一定能渡过难关。"

面对校园霸凌，希望我们都能成为勇敢的人，用正确的方式反抗回击，保护自己，战胜困难，渡过难关。只有通过反抗才能真正改变现状，让校园成为大家快乐学习和生活的温馨家园。

■ 不得不谈的性教育

在《房思琪的初恋乐园》这本书中里有一段看似随意其实沉重的对话，遭到补课老师性侵的房思琪试探性和妈妈说："我们的家教好像什么都有，就是没有性教育。"她妈妈诧异地看着她，回答："什么性教育？性教育是给那些需要性的人。所谓的教育不就是这样的吗？"房思琪瞬间就明白了，在性教育这堂课中父母将永远缺席。其实在中国大部分父母都如房思琪的父母一样，在性教育中缺席了。如果他们家有性教育，那么房思琪在第一次被老师侵犯的时候，她是不是就敢勇敢地反抗？这样的话或许悲剧就不会发生了。

在谈性色变的生活中，性是难以启齿的禁忌话题，所有人都避而不谈。可越是禁忌，越是神秘，就会有越多人在秘密的角落用错误的方式去探索和尝试。未知代表恐惧，也代表好奇，成长中的男女会通过各种各样的方式，寻求其中的答案，而在这个过程中，很多伤害就此发生了。

我曾和许多女性朋友谈论过这个话题，大家的故事让我觉得性教育是件必须要做的事情，所以我付费学习关于性教育方面的专业课程。有些课程一定要学，有些文章也一定要写，因为多一人看见，或许就会少一分伤害。

很多人对性教育有误解，以为性教育就是性爱教育，其实不然，真正的性教育不是关于性爱的教育，也不只是性生理知识的教育，而是涉及身体、情感、健康、安全、亲密关系、性别平等等一系列内容在内的教育。它是人格全面发展的教育中一个非常重要的组成部分。

我的老师在课程中说"性教育不能靠个人经验，也不能靠'常识'，它是一个专业，需要学习。"尤其是身为父母的我们，一定要学习，只有我们自己懂得，才能更好地教育我们的孩子。

大家对性教育避而不谈的很大原因就是不懂如何教育。一方面没有正确的性教育价值观，另一方面被世俗之见所禁锢，认为性教育是件私密的事情，暴露于众会带来深深的羞耻感和尴尬。最为明显的就是初中生物学课堂上，关于男女青春期发育的生理知识这部分的内容，老师要么不讲，要么蜻蜓点水一扫而过。而学生们既好奇又害羞，明明课本私下看了好几遍，到上课的时候仍要快速翻页，好似这部分的内容和自己无关一般。

其实性教育就是要从认识身体开始，男女的差异在身体上是最为明显的。可真正了解自己身体的人少之又少，因为没有正确的教育方式和教育理念，许多人是在懵懂的实践中了解性，也有一些人是通过色情影片或作品了解性，从此形成了错误的性价值观。例如女性的月经初潮，懂的人就不多。

中国社会科学院研究员李银河在她的书籍《中国女性的感情与性》一书中，说起的关于月经初潮的三种感觉分别是："一、由对此事一无所知而引起的恐惧感；二、由对此事的负面看法而导致的羞耻感、厌恶感甚至自卑感；三、视为平常事。"并且她说经过调查发现，极少有人对这件事持有肯定的正面感觉。现实也确实如此。

我的小姐妹曾告诉我她月经初潮时的经历。她说初次来月经时她吓傻了，以为自己得了绝症私处血流不止，慌乱不安的她只能惊恐地告诉母亲，母亲只是稍做解释，然后拿片卫生巾给她，也没详细教她该如何处理。

　　母亲不说，她也不好意思多问，结果就是不懂正确的使用方式，导致经血总弄脏裤子。无奈之下她只能鼓起勇气和闺蜜说，结果是因为她性格比较男孩子，一直穿的是四角小内裤，卫生巾无法很好地贴合，才会出现她这种情况。她说那种感觉既羞又臊。因为这件事情，她特别不能接受自己是个女孩子，从一开始就讨厌每个月要来一次的例假。

　　这事现在说来好像很可笑，可对女孩子来说，这是每个人都要经历的事情，若没有得到正确的教育，真的有很多人不懂该如何处理。

　　就我而言也是如此。我发育较晚，初二下半学期才来的例假，庆幸的是当时身边的闺蜜大多经历过，她们提前和我说起这个事，我不至于手足无措，但慌乱是有的，心里的变化也是有的，突然觉得自己不一样了。那是种我再也无法和男孩子那般称兄道弟的落差感。

　　此外还有莫名的羞耻感，明明我是正常发育，什么也没有做，为什么会有那种难以描述的羞耻感呢？后来学了性教育我才懂，是因为这件正常的事情大家从来不说，让正常变成了不正常，所以青春期的女性无形当中背负了许多莫名的重担。

　　性教育要从小做起，让孩子了解自己的身体，懂得保护自我，也学会尊重他人。在我儿子两三岁时，我给他洗澡的过程就会给他科普他的身体情况，告诉他什么是隐私部位。并且带着他一起学习《我爱我的身体》《小鸡鸡的故事》《乳房的故事》《不可以摸我的屁股》等一系列与性教育和自我保护相关的绘本，帮助孩子建立正确的性价值观。

　　说起青春期的男女，发育之后，体内激素快速发生变化，容易出现一些正常的性冲动和性幻想，再加上情窦初开，大家开始不自觉渴望了解异性，甚至不少人开始谈恋爱了。随之而来的就是自慰和偷尝禁果的问题。在我们的教育体系中，这部分的教育是最为缺失的。因为缺失，所以大家只能通过自身去探索和尝试。

专业学习之后，我了解到一组数据，在中国，首次性交的平均年龄是 15.6 岁，也就是在未成年阶段有过性行为的孩子越来越多，而且首次性行为的年龄越来越低。看到这个数据的时候，我特别特别惊讶，而后越发觉得性教育的重要性。这条路，任重而道远，但总要有人来走，所以我今天会写这篇文章。

关于偷尝禁果这个问题如何解决，首先要面对的还是在于我们对自己的身体是否足够了解，对异性的身体又了解了多少。有了这些基础的生理知识之外，性爱必须建立在三个原则（自主、健康和责任）之上。

自主就是说发生性关系是要在两个人自主自愿的情况下，不可以强迫，如果一个人强迫另一个人就是犯罪，要受法律惩罚。

健康则包括生理健康和心理健康，发生性关系要在健康安全的前提下进行。对于未成年的孩子来说，性爱的健康风险比较大。年龄太小，认知不够，孩子关于卫生和健康管控意识相对较差，容易引发感染、炎症甚至意外怀孕。

而心理健康呢，包括性爱之后引发的一些情感上和关系上的冲突。所以在做这方面的性教育时要问孩子，你真的做好准备了吗？你能确保你的身心健康，包括自己的价值感不受到创伤和打击？

最后说到责任方面，可以问他 / 她，如果发生刚才说到的生病，甚至是怀孕的后果，你能够承担相对应的责任吗？与此同时告诉孩子性爱还可能会带来哪些问题，而这些问题你真的能够负责吗？

如果这些孩子都听不进去，那么你至少要教他 / 她如何保护自己和他人。已经发育的孩子都有生育能力，那么避孕这个问题一定要重视！

我初次见到避孕套是高一的时候，某天一个和我玩得比较好的男同学拿着避孕套问我知不知道这是什么？他边问边露出邪魅的坏笑。当时的我比较单纯和无知，并不知道是什么东西，那个避孕套的外包装像条口香糖的样子，所以我说是口香糖。我说完之后周边的男同学哄堂大笑，我认真看了上面的字，赶紧把避孕套扔回去。那时的第一感觉就是脏。

之后看到他们拿避孕套灌满水，像个气球似的，抛来抛去，玩得不亦乐乎。没有接受过相关的教育，脏和羞愧是很多人对于避孕套的第一印象。

说到这里，我要特别感谢我高中的化学老师，人人唯恐避之不及的性教育，他通过阅读和讲述各种新闻来教育我们。当初不懂事，我们常说那是个色老师，总给我们讲一些有关学生之间谈恋爱的事情。

他和我们说得最多的就是新闻上讲述的因为谈恋爱怀孕去堕胎，或者跳楼自杀的事情。每次讲完他都惋惜生命就此逝去。他讲述的故事中还有关于性侵的内容。说到这部分内容，他曾说过一段话："你们这个年龄都有生育能力了，青春期懵懂，你们要谈恋爱，老师和家长拦不住也管不住，但是你们一定要记得，无论如何一定要保护好自己和他人，避孕措施一定要做！还有，你们女孩子放学一定不要独自走黑暗的小路，避免遇见坏人。女孩子一定要学会保护自己，可以在自己的包里放个避孕套，万一真的碰到坏人，万不得已的时候把避孕套拿给他，这是保护自己的方式……"

然后他再三强调："你们一定要记得，生命中无论遇见什么事情，生命最为宝贵，因为活下去才有创造一切的可能性。"他还针对性说了几种保护自己的方式。

那时的我们还听不懂老师这段话的含义，但是我一直记得他所讲的事情。当初不以为意，不当回事，认为性侵这类事离我们很远。也很庆幸，我和身边的小伙伴们都顺利走过了青春期。不过受这个老师的影响，大学时，我包里最里层的地方真的一直放着一个避孕套。

随着年龄的增长，以及职业原因，我在做个案的过程中听到了许多关于性侵方面的故事，也常在公众号看到相关的文章，这时我才发现，原来性侵离我们并不远。也是这时我才懂，原来我高中的化学老师在做一件特别伟大的事情。随着学习的深入，我更加觉得性教育是一门人人都要学习的课程。

性教育涉及的内容太多，无法在一篇文章讲清楚，我现在讲的只是一些皮毛问题，更多专业性和系统性的内容需要大家去学习相关课程，或阅读相关方面的书籍。与此同时，希望遭受过这方面创伤的女孩子能够学会自我疗愈，若自己无法面对，记得找专业心理医生求助。

我能说的终究有限，只希望通过我的文章能引起大家对性教育的重视，也希望大家能接纳、原谅并且放下成长过程中自己在性方面曾走过的弯路。

■ 你才是自己的拯救者

心理学家荣格在临终前曾对学生说："你永远不要有企图改变别人的念头，你能够做的就是像太阳一样，只管发出你的光和你的热。每个人接收阳光的反应是不同的，有的人会觉得很温暖，有的人会觉得刺眼，甚至有的人会选择躲避。种子破土发芽前没有任何的迹象，是因为没到那个时间点。只有自己才是自己的拯救者。"

他认为，人们应该相信自己内心的力量，学会自我救赎，才能真正地实现自我成长和进步。深以为然。荣格的话让我想起了小佳的故事。

大年初一早上，我收到小佳发来的拜年红包，上面写着"感谢小兰助我改命"，我感动地收下她的红包，同时也给她回了一个名为"感恩互相成就"的红包。回首这一年来小佳的快速成长，我最想说的是"其实，你最应该感谢你自己，因为你才是自己的拯救者。"

2021 年 1 月 4 日，小佳在投资理财的学习群里看见我的自我介绍时，她主动加我微信。我们两个算是同行，我是寿险的销售人员，她是车险的内勤员工。她经常翻看我的朋友圈，虽然素未谋面，但我们一直保持互动。

据她所说，在二十五六岁时她确诊重度抑郁，经常住院、吃药、接受专业心理治疗。这十几年期间，她的抑郁症反反复复，为此她尝试过多种治疗方式，定期心理咨询、电疗、催眠等。她十分困惑，所有的治疗方案看似都有效果，但又好像都是治标不治本。遇到问题时，她习惯性外求帮助，最初都能有所好转，可过阵子又陷入困境。

今年年初她的双相情感障碍复发（双相情感障碍又名双相障碍，是一种既有躁狂症发作，又有抑郁症发作的常见精神障碍）。最明显的表现就是情绪像坐过山车，时而兴奋不已，时而萎靡不振。在接受医院专业治疗有所好转之后，她开始寻找这些年来一直患病的原因。

为了更加了解自己，她找我做过数字心理学、金钱关系和人类图的个案咨询，但她的情况较为复杂，我深知几次咨询并不能真正解决她的问题，所以我建议她自己系统性学习心理学。

我根据她的情况给她推荐几门适合她的心理学课程。她觉得我的咨询对她帮助很大，也觉得我推荐的课程特别适合她，但她仍是犹豫不决，既想改变，又陷入自我怀疑当中，觉得自己没有心理学基础，学不会。如此反复徘徊了三个多月。这三个多月中，她隔三岔五就找我了解课程内容，诉说自己的困惑点，我想或许是缘分未到，所以只是耐心解答，并没有多说什么。

在 2023 年 6 月 28 日那天，她终于下定决心，报名我推荐心理学课程。从那天开始，她跟着课程学习心理学，探索未知的世界。

那阵日子，她每天一有空就学习，有时听课到凌晨两三点。遇到学习上的困惑，她也会立马找我讨论，解决自己的疑惑点。

最开始她只是听课，不断深入学习后，她开始做心理学方面的练习。她用最短的时间学完课程内容，老师的直播她每场都听，除了课程以外，她还额外去看心理学相关的书籍。慢慢地，她开始对自己的情绪波动有所觉察，情绪状态也随之变稳。她接纳自己的现状，接受自己的不完美，也不再强求身边的人要改变，而是从自身出发，改变自己。她时常和我分享学习收获，我是她成长蜕变之路的见证人。

对于小佳来说，她的蜕变主要体现在两方面。第一个方面是她改善了 10 年"争战"的夫妻关系。她曾和我说："结婚 10 年，斗了 10 年，两次离婚,又因为缘分未尽,二度复婚。在学习之前,我对婚姻已经死心,也没考虑过生孩子的事情。这 10 年来,为改善夫妻关系,我付出了许多努力,寻找各种解决办法,依然没用。没想到学习心理学才一两个月,我们之间吵架少了,夫妻感情变好了,一毛不拔的先生居然也会主动给我发红包了。我家先生还说'要是以前关系像现在这样好,估计早就有娃了'。不过也好,有的人折腾一辈子都没有解决这个问题,我现在改变还不算太晚……"

听她这么说,我格外开心。亲密关系是流动的,只要从现在开始用心经营,找到彼此都舒服的相处方式,一切都还来得及。通过昨天和她的深入交流,我知道她把生孩子列入了今年的目标规划中,希望她早日心想事成。

另一方面的蜕变是,她终于找到自身会得抑郁症的原因,并且学会了应对之法。她是个完美主义者,对自我要求比较高,没有做到就会陷入自我怀疑和批判当中,不断内耗。再加上身边最亲近的人对她的要求和否定,导致她在家庭关系中发生各种矛盾。她与父亲和她先生长期处于对抗状态。

此外,她的内心敏感,容易因为别人的一句话或一个眼神而想太多。遇到问题的时候,她总往消极方面考虑,较为悲观。因为这些原因,她才会患上抑郁症。通过深入且系统性学习心理学,她看到自身的受害者模式,也明白总会掉进同一个坑的原因。心理学上说:"看见即疗愈。"确实如此,因为看见就懂得如何改变。

她还说:"通过学习,我内心的恐惧感减少了,以前我对工作、生活以及婚姻都有非常多莫名的恐惧感。在学习中,我受益最大的是学会用正向思维思考问题。以前我的思维方式是错误的,凡事都想到最坏的结果,越想越焦虑。现在,当我陷入消极想法当中,不断内耗时,会有所觉察，然后用心理学的方法让自己回归正念。保持觉察是个特别大的进步，这种感觉就像自己换了一个人一般……"

现在的小佳不仅实现自我的蜕变成长，还经常和别人分享学习收获和感悟，她希望通过自己的故事，能启发大家思考，从而帮助更多人成长。

思维决定行为，行为决定结果。从我认识小佳到现在，她的改变是天翻地覆的，尤其是这半年来她的成长，所有认识她的人都有目共睹。凤凰涅槃，才能浴火重生。曾经的痛苦和迷茫都是最真实的存在，所有的苦难都是为了让我们遇见真实且美好的自己。

在小佳改变的过程中，我只是充当引路人的角色，给她提供改变的渠道，真正促使她发生改变的是她自己。是她足够痛了，痛到想要改变；是她愿意相信心理学能够帮助她疗愈自己；是她愿意花大量的时间和精力不断学习，从而改变认知，改变思维方式。对于所有人来说，他人的帮助都是有限的，只有自己坚持学习，不断成长，才能拯救自己。

■ 为何家会伤人

武志红的《为何家会伤人》是本畅销书，网友将这本书与鲁迅的《狂人日记》相提并论，说他写出了中国家庭一直想要隐藏的真相。家本是港湾，它又为何会伤人呢？深受原生家庭困扰的我也在不断探索答案。今天我用朋友薇薇的故事和大家分享一些我的看法。

薇薇和我一样，是个心理咨询师，我和她是在上心理学的课程中认识的。她是个特别不恋家的人，每次出门她都不想回家，必须回家的时候，她也会拖到最晚的那一刻。

读大学时，除了过年必须回家之外，其余时间她都不曾回去过。大家都特别疑惑为何她要"逃离家庭"。和她深入接触后，我知道了她在原生家庭受过严重的伤，不知该如何面，所以选择逃离。

面对她的问题，我不禁感叹原生家庭带来的后遗症如此之大。其实她家的情况是传统中国式家庭的典型现状，极为常见。可以这样说，这类家庭的伤害主要来源于三种病态模式。

第一种模式是好妈妈和坏爸爸。这类家庭的妈妈大多在扮演着付出者、受害者和牺牲者的角色。而爸爸则扮演接受者、加害者和逃离者的角色。

德国家庭治疗大师海灵格曾说过："我们付出的时候，就会觉得有权利，我们接受的时候，就会感到有义务。"而只付出不接受的人，会有一种清白感，觉得自己在这个关系中问心无愧，还认为在这段关系中自己永远是正确的，因为她所做的一切都是"为了你好"或者是"因为爱你。"相对应的，一直处于接受状态的人就会觉得不舒服，会觉得问心有愧，内疚不安。时间久了，受不了这种愧疚感，就会想要逃离。

在薇薇的家庭中，妈妈是个默默付出的人。她聪明能干、吃苦耐劳，上得了厅堂，下得了厨房，人前人后做事都是面面俱到，无可挑剔。在所有人眼里她都是个好妈妈、好妻子。而爸爸就是那个接受妈妈付出的人。在妈妈的描述下，爸爸的形象是懦弱无能、不负责任、遇事只会逃避的无用男人。因此在孩子们的眼里他是个"坏爸爸"。

从小到大，薇薇妈妈最常和他们讲的故事就是和爸爸结婚之后，她如何无微不至照顾薇薇爸爸的，为这个家她做了哪些牺牲，以及她受过哪些伤害和委屈。

武志红曾说过："孩子是最糟糕的倾诉对象，他们没有能力帮大人面对问题，也无法排解大人倾诉时转嫁过来的情绪。"但薇薇的妈妈并不懂这个道理，一再和孩子倒苦水，甚至把孩子拉到属于她的"阵营"，一起批判孩子的爸爸。

妈妈对于孩子来说是至关重要的存在，在孩子不能明辨是非的时候，会认为妈妈所说的事情都是正确的。看到妈妈受了委屈，他们就应该保护好妈妈。所以每当爸爸和妈妈吵架时，孩子都会不自觉维护妈妈的权益。薇薇和她哥哥就是如此，一直忠诚于她妈妈。

薇薇的妈妈和爸爸吵架时，她总是痛哭流涕诉说自己的委屈痛苦，孩子就会指责爸爸做得不对，不应该如此对待妈妈。时间久了，爸爸觉得在这个家庭中没有地位，也没有存在感，更不愿在家多待，要么外出工作，要么很晚才回家。如此更是坐实了坏爸爸的角色。

随着年龄慢慢长大，薇薇发现妈妈并不像她自己说的那样无辜和可怜，而爸爸也不是妈妈口中那般不负责任。妈妈强势而敏感，总想掌控爸爸的生活，如果爸爸不按照她的要求生活，她就一哭二闹三上吊，

爱的力量

用行动威胁和恐吓爸爸。最明显的体现就是他们每次吵架妈妈就会生病，每次生病爸爸就让着她、照顾她。如果爸爸不让她的时候，她就闹自杀。在薇薇的记忆中，妈妈深更半夜站在楼顶的画面就有过好几次。薇薇渐渐开始同情爸爸的处境，也想拯救深陷泥潭的爸爸，所以她开始和妈妈对抗。这就衍生出了第二种家庭病态模式"好妈妈"和"坏孩子"。

家庭治疗大师莫瑞·鲍恩提出了"家庭关系三角化"的概念，即通过第三者的介入来转移两个人之间的冲突。虽然第三者介入打破了两者对立的矛盾，但其实原来的冲突并没有解决。

在家庭当中，孩子是家庭情绪系统中最敏锐的部分，所以孩子常常充当了这个第三者。当孩子感受到父母的焦虑和冲突时，他们会自动补位，试图通过自己的"力量"把父母重新联结起来。所以，很多孩子会制造问题，引起父母的关注，从而把父母的注意力从夫妻冲突上转移开。

当薇薇决定和妈妈对抗的时候，她就成了家庭关系中的第三者，她开始不断制造各种各样的问题。她的做法在表面上缓和了父母的关系，但事实上激化了矛盾，她充当了拯救者的角色，妄图拯救爸爸。而她和妈妈之间的矛盾也开始升级，并且对彼此产生了巨大的伤害。

薇薇青春期的时候妈妈到了更年期，两个人的关系势同水火。薇薇爸爸和妈妈也开始无休止地吵架，三天一大吵，两天一小闹，整个家充满乌烟瘴气。

妈妈一如既往用她的方式对待爸爸，并且她如法炮制，用对待爸爸的方式对待薇薇。一边用自我牺牲的方式充当众人眼中好妈妈，在生活上无微不至地照顾她；另一边又用情绪和行为掌控薇薇。如果薇薇不听她的话，她就会用最狠、最恶毒的话骂薇薇，气不过还会打她。

薇薇说她读高三时，因为自己说错一句话惹妈妈生气了，妈妈当街打了她一巴掌，全然不顾街上来来往往的人群。妈妈也曾在半夜把她关在门外，不让她回家，不认她这个女儿。妈妈最常骂她是"白眼狼"，骂她不孝，还经常当着亲戚朋友的面损她，说些让薇薇难堪的事情。在亲戚朋友眼里，薇薇就是一个不折不扣的不孝女。

而薇薇则用叛逆的行为"回敬"妈妈，抽烟喝酒、逃课早恋、成绩一落千丈，从一个三好学生变成了班级的"吊车尾"。那时薇薇最希望父母能早点离婚，这样她就能离开妈妈。薇薇和所有人说："我长大了一定不要像我妈妈那样，既可怜又可怕。"

薇薇说："除了青春期那段叛逆的时光外，我都竭尽全力办好女儿这个角色。可是太难了，妈妈是个完美主义者，我怎么做达不到妈妈的要求，换来的都是无尽的挑剔和指责"。薇薇说起这段话时，我想到了薇薇家中隐藏的第三个随处可见的病态模式，好哥哥 / 弟弟，坏姐姐 / 妹妹，其中还涉及我们常说的重男轻女。

薇薇和我一样，家里有个哥哥，并且哥哥都是非常优秀的人。薇薇的哥哥从小到大都是别人家的孩子，学习优异，独立自主，又特别顾家，他是薇薇妈妈的骄傲，这种骄傲溢于言表。所以在妈妈和其他人眼里，大家看到的都是好哥哥和坏妹妹。

张德芬在《不要用爱伤害我》一书中说道："父母尽可能不把两个孩子进行比较，尤其是在外人面前。否则，孩子会为了有归属感和价值感，刻意证明自己，故意表现得和其他孩子不同。"

正如张德芬所说，很多父母想对孩子一视同仁，但操作起来又十分困难。因为在养育的过程中，父母会有无数无意识的时刻偏爱其中一个孩子，而父母这些无意识的表情和话语，会在不知不觉间伤害到敏感的孩子。而薇薇就是个特别敏感的孩子。薇薇说，这一生她只会生一个孩子，坚决不要二胎，因为她不懂如何对待两个孩子，她不想自己的孩子和她一样深受比较的伤害。

薇薇身上关于比较的伤害，主要来源于性别和性格。薇薇的妈妈出生在农村家庭，家里有四个姐妹，只有一个弟弟，她在家排行老大。外婆生她的时候特别希望她是个男孩子，可事与愿违。在当时生女孩子是要被看不起、被嘲笑的，所以连带着她也不受待见了。她从小就得照顾弟弟妹妹，处处得让着他们，尤其得让着弟弟。她是家里唯一一个没有读过书的孩子，这成了她终身的遗憾。可以这样说，她吃够了重男轻女的苦，她不希望薇薇也受这种苦，所以对薇薇特别严格。

她最常对薇薇说的话是："女孩子要干吗干吗，不能干吗干吗"，虽然她的出发点是好的，可她不知道这样的教育方式让薇薇从小对自己是个女孩子的身份特别不能接受，因为她看到了区别对待。

哥哥从小开始就是自由的，想干吗就干吗，但薇薇是受限的，这也不能做，那也不能做。哥哥帮忙做家务就会得到表扬，她做家务就是理所应当的，家务做不好是要被骂的。哥哥的优秀她看在眼里，到处和亲戚朋友分享，但薇薇好像没有什么可取之处，反而经常不听话，所以到处和亲戚朋友吐槽薇薇的"大逆不道"。

薇薇曾经问过我："你说如果我妈妈能够用对待我哥的方式对待我，我会不会也是个好妹妹？"我沉默了，因为我也想问这个问题。好哥哥是不是因为一直被说好，所以越来越好？坏妹妹是不是因为一直被说坏，所以越来越坏？

薇薇说她学习心理学的初衷就是为了疗愈原生家庭带来的伤害。好妈妈和坏爸爸的存在让她陷入了深深的受害者模式，她不仅憎恨妈妈，还想拯救爸爸。当她遇到类似爸爸这类身处困境中的男人，就会有不自觉同情他们，甚至想要拯救他们，所以她的亲密关系一塌糊涂。

有拯救者就一定有受害者和加害者，唯有靠自己，才能打破受害者的牢笼枷锁。

好妈妈和坏孩子的模式经常让她陷入深深的自责、批判和愧疚中，她害怕自己成为妈妈那样的人，也害怕自己和妈妈的关系无法修复。好哥哥和坏妹妹的存在让她不断想要向妈妈证明自己不比哥哥差，也不断想证明女子不比男子差，在证明自己的过程中她还时常陷入自我怀疑当中。与此同时，她不敢生二胎。

好在她在学习心理学的过程中，实现了自我突破和成长。她开始尊重父母的相处模式，把不属于自己的责任交还给他们，而她对自己的人生全然负责。她放下了证明和比较，与母亲和解，和自己和解。当她改变之后，她遇见了她的老公，有了属于自己的幸福小家。终是守得云开见月明。

《为何家会伤人》的封面有八个字："家是港湾，爱是退路"，愿家不再伤人，愿所有家人有家可回，有路可退。

■ 梦知道你那些不为人知的秘密

著名的心理学家弗洛伊德说："梦是愿望的实现，梦是潜意识的反映，而潜意识中，则藏着我们的意识所不能接受的那些东西。"我从来访者身上深刻理解到了这句话的含义。

小吴（化名）是个经常做噩梦的人，她的梦千奇百怪，什么样的都有。上个月的某个清晨，她给我发信息说自己又做噩梦了，恐慌难受，想和我聊聊。

我问她梦见了什么？她说梦见自己身上爬满各种各样她非常恐惧的毒虫，有蜘蛛、蝎子、毒蛇、蜈蚣等，个头有大有小，她吓得动弹不得。稍微缓和之后她开始拼命挣扎，浑身抖动，想甩掉毒虫，可怎么都甩不掉，她只能用手拔，拔出来的毒虫还带着自己的血。那些毒虫怎么抓都抓不干净，她刚抓掉又从身体里冒出来，越抓越多，源源不断。然后她就被吓醒了，醒来发现她被吓出了一身冷汗。

听到她的描述，我也觉得毛骨悚然，她梦里的毒虫也是我一直以来特别害怕的，所以对于她的恐惧感我感同身受。我问她："你最近是不是遇见了什么事情，让你心生恐惧又无法面对，并且纠缠不清，挥之不去？"她迟疑了一下，说："是的。"接着她和我分享生活上遇到的一些糟心事。隔着电话，我不知她的真实状态如何，但直觉告诉我，她对我有所隐瞒，她说的事情不是她做这个梦的主要原因。

因为这不是正式的个案咨询，所以她不说我也没有多问，只是简单安抚她的情绪，带她做个小练习，让她回归当下。做完练习，她很快就恢复正常了，所以我们就没有做更深的探索。但我隐约感觉，这件事还没有解决。

果不其然，昨天她找我约了个正式的个案咨询，原因还是她做的噩梦。她告诉我，这一个月以来，她频繁做相同的梦。除了身上爬满各种毒虫的噩梦之外，她还经常梦见非常脏的厕所。她在梦里找厕所，所有厕所都特别脏，满坑粪便，无地下脚。有时甚至梦见自己掉进茅坑里，爬不出来，浑身恶臭。在她说起自己的梦境时，她展露出一种嫌弃、恶心和不屑的表情。

个体心理学创始人阿德勒在《自卑与超越》中提道："梦并不是和清醒时的生活互相对立的，它必然和生活的其他动作、表现一致。假如我们在白天专心致志地追求某种优越感目标，我们在晚上也会关心同样的问题。"这也就是我们平时常说的"日有所思，夜有所梦"。

根据小吴对梦境的描述，她肯定遇到了对她来说难解决的问题，她深陷其中，难以自拔，并且这件事是她所不能接受的，所以她不断自我攻击。

这一次她没有隐瞒，她把自己最大的秘密说出来了。她说她出轨了，深陷婚外情的漩涡当中。两三个月前，她无意间发现丈夫身边出现了第三者，那个看起来老实巴交，对她宠爱有加的丈夫居然出轨了。

对她来说，这是件晴天霹雳的重大灾难，她从来没有想过她心目中的完美丈夫会出轨。她接受不了这件事情，和丈夫大吵大闹一场，为此还差点离婚了。愤怒和委屈的情绪冲昏了她的头脑，她想要报复，所以她也出轨了。用她当时的话来说就是："既然你不仁，那我也可以不义"。

在亲密关系中，小吴遇见的问题特别常见，一方出轨，被出轨的一方成了受害者，痛苦不堪，日夜煎熬。在极端的情况之下，出于报复心理，另一方也特别容易出轨。

可小吴的骨子里是个特别传统的女性，出轨是她以前最不能容忍的事情，没想到自己有一天也会这样做。从那之后，她觉得自己是个坏女人，不能原谅自己变成了她最为鄙视的那种人。这件事的开始她是个受害者，承受了巨大的痛苦，但因为一时冲动，她成了伤害他人的人。她开始自责、后悔、愧疚、不安，各种情绪夹杂其中，所以她不断自我攻击。

出轨除了让她有深深罪恶感之外，也让她有特别深的恐惧感，她非常害怕离婚,因为她并不想真的和丈夫离婚。这是个难以述说的秘密，她不敢和任何人提起，只有独自承受巨大的心理压力，各种不好的感受和情绪正在慢慢吞噬着她。

阿德勒说过："做梦是对安稳睡眠的干扰。"梦是现实生活的延续，只要现实生活中我们所面临的问题没有解决，那么即使在睡眠当中现实也会不断压迫我们，所以我们会做梦。并且在梦中我们会不断重复现实生活带来的各种感受。

小吴梦境中那些从身体不断涌现的毒虫，就是她内心的罪恶感、恐惧感和焦虑不安的复杂感受。这些不是来源于外在，而是来源于她内心深处，所以无论她怎么折腾，毒虫还是源源不断的出现。身处脏乱的厕所中则是因为出轨带来的羞愧、自责和懊悔让她无法接受这样的自己，她打从心里觉得自己变脏了，像厕所中污秽一般。

精神分析心理学家洛姆认为梦里冥冥之中指引的力量就是我们的潜意识，或者说直觉、本能。出于身体的自我保护，小吴的潜意识通过重复的噩梦来提醒她要正视这件事情，以及事件带来的各种情绪。若没有处理，她很有可能会陷入抑郁状态。

通过分析，小吴看到了自己内在存在的问题，她决定要直面问题本身。不久之后,她和丈夫进行了一场深入谈话,她坦诚了自己的现状,她述说情绪也表达感受,她说她不想再备受折磨了。好在丈夫并没有因此和她离婚,两人还因为这件事情把话说开了,互相道歉,相互原谅,并且他们的关系和好如初。他们两个人都曾犯过错,误入迷途之后,彼此都明白对方的真实感受,所以他们决定一起放下,重新开始,让过往烟消云散。

心理学畅销书作家武志红在《梦知道答案》里提道:"梦是潜意识的展现,而潜意识永远不会欺骗我们"。你心里那些不为人知的秘密潜意识都知道,它会通过做梦的方式告诉你。所以如果你一直重复某种梦境,那么你要注意了,说明这是个你一直不敢或者不愿意面对的问题,而那正是你的功课。若你想结束那场梦,就必须直面真实的自己。

■ 不完美的受害人

在我看完《不完美受害人》这部电视剧之后，我就决定一定要写一篇同名文章。剧中赵寻和林阚的遭遇让我想到了《房思琪的初恋乐园》。我曾仔细阅读过这本书，看书过程几度泪眼蒙眬，尤其是看到文章最后伊纹对怡婷说的那段："你要替思琪上大学，上研究所，谈恋爱，结婚，生小孩……思琪连那种最庸俗、刻板的人生都没有办法经历……"眼泪终究是不争气地流了下来。

有些故事总要有人讲，因为不讲心会不安，有些文章总要有人写，因为多一人看见或许就会少一分伤害。借此文章致歉那年夏天遇见的夏夏（化名），也救赎当年胆小懦弱且无所作为的自己。

"你有没有遇到过能掌握你命运的人？"这是《不完美受害人》中非常核心的一句台词，它揭示了当代女性所面临的既隐秘又庞大的困境，面对强权性侵的无能为力。

剧中赵寻是个不完美的受害人，她在警察到场的第一时间否认受到伤害，但五天后又报警指控强奸。在道德品行方面她也是不完美的。在对成功没有爱意的情况下，她还是收了许多对方赠送的奢侈品。但我们不能因为她在道德品行方面不完美，就否认她被伤害的事实。

作为观众，我们能够很清楚地看到与成功相处时赵寻的恐惧、痛苦和无助，她害怕失去好不容易得来的一切，所以她不敢大胆反抗。她和成功的身份地位悬殊，她人微言轻，如同年轻时的林阚、电影《热搜》中的张小穗、书本《房思琪的初恋乐园》中的房思琪、电视剧《不能说的夏天》中的白白一样。她们都受到世俗眼中成功人士的迫害，面对这种难以言说的伤害，她们宛若寒蝉，不敢声张。

而这样不完美的受害人不仅出现在电视剧中，还出现在我们的生活里。那年暑假，我遇到了夏夏，她的出现让我知道这个世界存在不能承受的生命之重。

我在台球室做兼职时认识了夏夏。她与我年龄相仿，但从各方面来看，我们都不是一个世界的人。我身上总有种学生的气息，而她看起来却是超越年龄的成熟感。我是因为兴趣爱好才会到台球室兼职，而她是为了生存，那是她的日常工作。因为我是短期暑假工，并不想深入认识其他人。此外她的风评不好，所以我对她一直都是敬而远之。

听其他小伙伴说，因为家庭原因，她高中辍学出来工作，原来也是很单纯的学生，工作不到一年就像换了个人一般。深入了解她的故事是个意外，我兼职期满时正好遇到公司聚餐，她们拉上我一起吃饭唱歌，算是为我践行。

在 KTV 夏夏主动和我聊天，她看着我说："听说你明天就要走了，真好。看到你就像看到当初的自己，那时我也和你一样刚从学校出来，单纯而美好，可惜……"她没有再说下去，一口闷了酒杯中的啤酒。然后就没再说什么了。

时间渐晚，大家陆续回家了，我刚想站起来准备离去，夏夏叫住了我。看她醉醺醺的样子显然是喝多了，她拉着我叫我陪她待一会，我不知道她为什么会找我，心里想着反正以后也不会有交集，就陪她一会吧。

大家都走后，包厢里只剩我们两个人，她突然和我说："就是在这样的场所，我的人生停止了。那是个台球室的常客，大我十来岁，风趣幽默，侃侃而谈。他看我刚从学校出来，特别照顾我，每次都带朋友来打球，还提醒我这种场合比较乱，让我要多注意。

也是在这样的聚会里，他和我讲述自己的创业故事，坎坷而辛酸，情到深处，他唱了几首自己最喜欢的歌，他的歌声迷人，那晚……"夏夏的叙说断断续续，眼泪开始止不住地流，我惊愕而惶恐，不知如何作答，只能安静听着，然后时不时给她递张纸。

涉世未深的她不知道那是对方刻意营造的氛围，为了在她面前建立一个历经坎坷又积极向上的成功人设，再利用她的同情心和崇拜之情卸下所有提防。

聚会结束，他们各自回家。到家之后，他给夏夏打电话，约她喝奶茶。夏夏看了下手表，晚上九点半左右，不早也不晚。刚开始夏夏犹豫不决，许是那晚他的戏演得足够好，好到夏夏放下担心出门赴约了。

到了约定地点，夏夏才发现那是个隐蔽的空间，整个空间只有他们两个人，夏夏开始坐立不安。他好像猜中了夏夏的心思，立马借着幽暗的灯光表白了，说了一堆情话，类似于他非常喜欢夏夏这类的话。

夏夏一时之间没有了主意，可没等夏夏答复他就原形毕露，伸手抱住了夏夏，夏夏吓到了，也愣住了。见夏夏没有挣扎，他开始对她上下其手，这时夏夏反应过来了，一边挣扎一边喊："不要这样。"

说到这里夏夏突然号啕大哭，她说："你知道吗？挣开他的怀抱时，我不是马上逃跑，而是做了件特别蠢的事情，我居然跪下来求他了，求他放过我，我天真地以为这样他就能够放过我，没想到他顺势把我扑倒，我再也没有逃跑的机会了，再也没有了，你说我是不是很蠢，是不是很蠢……"

她哭过、喊过、求过、挣扎过，最后无力了，放弃了，任由他糟践自己。然而这还不是最大的噩梦，更深的绝望是完事之后，他告诉夏夏他录下了他们之间的不雅视频，借此威胁夏夏和他保持不正当的关系。从那一刻开始，夏夏的人生堕入了黑暗，她感觉自己破碎了、脏了、不完整了。她没有见过所谓的不雅视频，但她不敢赌，小城太小，小到对方对她的一切了如指掌。

后来夏夏成了随叫随到的人，随着被侵犯的次数增多，苟且的过程她有了正常的生理反应，对方看到她这样就开始用言语羞辱她，骂她是荡妇。到最后，连夏夏都这样认为自己是个坏女人，于是她开始主动迎合他。

擦掉眼泪之后，夏夏说："有了第一次之后，好像什么都变得无所谓了，第一次和无数次是没有区别的。可悲的是，不知道从什么时候开始，我无可救药地爱上了他，希望时时刻刻都和他待在一起。更可悲的是，当他知道我真爱上他时，他却不要我了，说我已经没有学生妹身上的那种娇羞和单纯，可是当初是他拿走了我的单纯。接着他像人间蒸发一般，从我的世界彻底消失了，而我成了没有人要的破鞋。他离开之后，我的心像破了个洞，怎么都补不上。

张爱玲不是说过'通往女人心里的路要通过脐下的羊肠小道'吗？心里有漏洞我只能通过阴道去补，反正有了第一个之后，剩下的也不过是数字而已。只是不知道为什么，心里的洞，越补越大，现在我的心空荡荡的。"

当时我不懂夏夏的话是什么意思，多年之后我在武志红的书里看到为什么不能乱性才知道原因。武志红在书中说："只要与对方发生性关系，就会对对方产生依赖，虽然那不一定是爱，但是当对方与她断绝关系时，就会有一种强烈的被抛弃感。人是情感动物，得到的爱越少，爱的空洞就越大，一旦与人建立关系，就害怕被抛弃。"而夏夏就是在不断体验被抛弃的感觉，所以她的心变空了。

说到这些时，夏夏像酒醒了一般，出奇地冷静和清醒，然后动作熟练地点了一根烟，猛吸一口，接着缓缓吐出悠长的烟雾。表情冷冷的，和刚才泣不成声的样子判若两人。

我呆若木鸡愣在那里，什么话也说不出来，她的故事已经超出我的认知，我不知该说些什么，也不懂该如何回答她的问题。我问她能不能也给我一支烟，她用诧异的眼神看了我一眼，递了根烟给我，点燃打火机。时光像静止了一般，两点火星在昏暗中闪烁着，我们彼此都没有再说话。

我已经忘记那个晚上我是几点回去的，又是怎么回去的，我只记得那晚我彻夜未眠，辗转反侧，脑海里都是夏夏讲的故事。我无意间打开了夏夏这个潘多拉的盒子，涌现而出的是我所不能承受的生命之重。可是我能做些什么？我什么也做不了，所以我不厚道地选择了逃避。反正兼职已经结束了，我再也没去过那家台球室。那晚之后我和夏夏非常默契地断了联系，我也没有和任何人说过这个故事，就像我从来都没有认识过这个人一般。

十几年过去了，夏夏的故事好像被我"封印"在某个隐蔽的角落里，不曾想起。直到那天我看了《不完美受害人》这部电视剧，脑海里莫名其妙闪现夏夏的身影，我才知道，原来我并没有真的遗忘。

学习心理学之后，我知道了"斯德哥尔摩综合征"，知道人在强烈的压力和刺激面前，为了让自己的精神免于崩溃，就会选择在认知层面去试着认同和"合理化"这些压力和刺激。而夏夏受侵犯之后，无可救药爱上对方就是典型的"斯德哥尔摩综合征"的表现。

其实不止夏夏如此，许多被性侵的女子为了减少精神上的痛苦，都会无意识爱上对方，以此合理化他们之前发生的事情。此外，受到伤害后有些人会产生创伤后应激障碍（PTSD）。严重的会导致情绪崩溃，无意识做出伤害自己的行为。

从某种角度来说，夏夏也是不完美的受害者，她年少无知，没有危机意识让自己陷入困境。面对伤害她没有勇气站出来，用法律手段保护自己，而是就此沉沦。

可不管是赵寻、夏夏还是其他受害者，她们为什么不敢第一时间站出来指控对方呢？正如林阙所说："我们怕伤害我们的人滥用他们手中的权力。我们害怕，因为拒绝，会失去我们可能得到的机遇和利益。我们更害怕因为拒绝，会得到恶意报复和更大的伤害……"

我们都害怕得罪权力，受到伤害。所以当掌权者以粗暴的方式，违背我们意愿的时候，我们常常惯性地选择屈从，畏惧反抗。我们不够强大，所以畏惧。因为畏惧，所以懦弱。因为懦弱，所以屈从。我们与之斗争的，不仅是权力，更是大家心底的懦弱，是还未遭遇掌权者的碾压就选择屈膝下跌的懦弱。可当我们知道自己害怕什么的时候，就有了说不的勇气，开始反抗。

现实生活中不完美的受害人太多，有些被改编拍成电影和电视剧，但更多隐藏在黑暗角落里的悲剧不为人知。所以今天我鼓起勇气写下这篇文章，希望更多人看到，并且学会保护自己。

■ 十年一梦——我想和青春好好说再见

心理学当中有个词叫"未完成事件"，指的是过去发生的某件事情还没有结束。这里的结束可能是指事件本身没有结束，也可能指事件当中的情绪没有完成。而那些未完成事件将会影响一个人的发展，导致当事人重复困在某个情景或者某种情绪当中。

我所做的个案咨询当中，几乎都有未完成事件的存在，我需要做的就是带着他们一起完成相对应的事件，让他们打破事件造成的枷锁，走出牢笼。

众多个案中，情感方面的未完成事件最多。今天我要和大家分享一个名为"十年一梦"的故事。来访者是个女孩子，她的困境是十几年来一直重复做相同的梦，梦中人都是年少之时的玩伴，梦境中是个关于三个人的爱情故事。这件事在外人看来十分简单，放下就可以，但对于当局者来说却怎么也走不出来。

而让我决定要写这篇文章是因为这个故事具有典型性，我听过太多不同版本，但情节大抵类似的故事，甚至我本人也曾经历过同样的问题。另一个原因是我看了她写的文章，名为《我想和青春好好说再见》。这篇文章打动了我，看得我老泪纵横。看别人的故事，品自己的过往，我在她的故事中被疗愈了。所以，经当事人同意，我把这篇文章完整分享到书中。

我想和青春好好说再见

时隔数年，隔三岔五，梦里总见少年时，欢声笑语。梦醒时分，总觉遗憾，早已多年未见。再回首，看见那时的心最真、最诚、最无私，愿生活欢笑依旧，你我三人各自安好。

昨晚我又梦见你了，你给我一封信，解释了你的所作所为，类似于情不知情所起，一往情深，你似有歉意又无可奈何。而我的心又是一阵阵的疼痛。醒来之后，又想起了那段过不去的青春岁月。

我们的故事落入了俗套，和所有小说和电视剧一样，这个故事关乎你、我、她。你是我多年爱慕的对象，她是我那时最好的闺蜜，那是一段想忘却怎么也忘不了的青春。有人说我的现状是因为没有和那段青春好好说声再见。

其实，我已成家多年，我的爱人也是我所爱之人，因为你们我懂得了珍惜二字，所以现今的婚姻是我拼命争取而来的。我嫁给了爱情，也有了爱情的结晶。对于生活我没有任何不满，甚至总是觉得有夫如此，夫复何求。

可是尽管如此，我还是隔三岔五梦见少年时的你我她。这让我觉得我有必要正视这段过去，所以我写了这篇文章，借此画上一个句号，好好和它说句再见。我没有勇气找你或者她诉说，唯有通过这种方式自己说再见。

1.缘起于无意之间

故事开始于十几年前，我们读初中，和所有人一样稚嫩而懵懂。我说我们的故事落入俗套是因为我和你是上下桌，而我们的开始也来源于那些别人有意或无意的玩笑和起哄。

我长相一般，性格又十分霸道要强。在别人眼里应该很不受人待见吧。也是因此很多人给我起了各种外号。那时的我既自卑又要强，外在开朗，内在敏感。你是一个安静又温柔的男生，我想你的内心也是有火热的一面。曾经你也曾嘲笑过我，虽然只是一两次，并且也透露出了无意。

我不知道懵懂的情愫从什么时候开始，我只知道有那么一段时间别人总是开着你我的玩笑。在别人的玩笑中我好像陷入了旋涡一般，开始喜欢上了你。

初三分班了，这种感觉有增无减，仿佛陷入了自己的牢笼之中。我写过表白信，送过各种小零食，也找各种机会去请教你数学。

曾经你在教我数学题的时候无意间碰到了我的手，那种感觉很微妙，我很激动。每次看到类似的剧情的时候我都会发笑，那种触电的感觉是真的有的。我在你去早自习必须经过的路段等着你，计算着你会出现的时间，一天天等着，然后等你停下来和我一起走那段短暂的路程。

我在走廊里盯着校门，直到你的身影出现，然后痴痴地笑着。那时我的情绪掌握在你手中，看见你就笑，看不见你就难过。你和我多说一句话我就笑，你不理我我就难过。我记得每次你出现时我的紧张，我能感受得到自己的心跳。没见到你时，总想着见到你的时候，要和你说好多话，可是真的见到你了，却又不知该从何说起。

那时的她是我的闺蜜，一个很反感你的人，她觉得因为你的存在我经常喜怒无常，情绪化严重，痛苦不堪。那时我的世界一半是你，一半是她。我和她时常同吃同住，她是唯一一个连我妈妈都会记挂的同学，时常提起。我和她可以彻夜不眠，谈天说地，总有说不完的话。

我和她分享着我和你所有的点点滴滴，每次见面时的心情，那些你不懂的爱意。我曾经和她说过，你是我这辈子最爱的人，即使以后没有和你在一起，估计我再也找不到那么喜欢的人了。

初三，你作为提前批进入了我们当地最好的高中。而后回学校的日子屈指可数，可我总是对着校门发呆，痴痴地盼望你的出现。那些日子我似乎没有开心过，除了等你回来之外，我开始认真读书了。课余的时间总是寻找班里和你有一些共同特点的男生，然后和身边的小伙伴聊起，偶尔也会看看那些"代替品"。

2.一厢情愿的爱情

高中，我也进入了你所在的学校。后来时常往你班级门口经过，为的就是偶遇你。遇到之后格外紧张和尴尬，不敢多看你一眼。我知道那时候你害怕别人的流言蜚语，甚至你有些厌烦我了。

后来的后来，我鼓起勇气硬着头皮去找你，甚至我打电话和你表白，表白的时候是按照写在本子上的文字念的，电话那头的你问我怎么像写作文一样。那些个你没怎么理我的日子，我折了1000只千纸鹤，里面还有许多我想和你说的话。我的日记里写满了对你的思念。

再后来，也不知道什么时候我和你的关系慢慢变好了，我开始和你讲起我的家庭，说起我的无奈，甚至在你面前流过眼泪。那时候我家里有一堆乱七八糟的事情，你似乎成了我的依靠和避难所。

可是时间一久，我开始疑惑了，我不知道你对我是怎样的感觉。我经常明示暗示我喜欢你,问你对我的感觉。你总给我"没有那种感觉"的答案。有那么一段时间我累了，倦了，不想问了。

后来别人和我表白了。我再一次问你对我的感觉，你的答案依旧。我的心冷了，和别人在一起了。在一起之后，我故意在你面前一直提到他。他算是我第一次正式谈恋爱，所以我也让自己沉浸在恋爱之中。可是,那之后我感觉你变了。感觉你没有以前那么开心了,人也安静了。我不知道是我的错觉，还是你真的不开心了。你和我说过，你不喜欢我的那个男朋友。

对于那段感情，我只是觉得答应别人就应该尽到女朋友的职责。看到你的变化我的心是难过的，一方面难过自己和别人在一起了，另一方面难过于我觉得你对我是有感觉的，只是你自己不知道或者不肯承认而已。

再后来，我分手了。我又开始找你哭诉。我觉得自己是个坏女人，因为我会经常和你说起自己和他的事情。有那么一段日子我经常在你面前哭。现在想来你是害怕我的情绪化，我的眼泪。

再后来，我们又回到了一起在跑道散步的日子，我喜欢喝绿茶，你喜欢喝奶茶，然后我们买了对方喜欢的饮料给对方。你的生日我叫别人拍了一堆你的照片，我在每张照片上编辑了一句话，然后写了一本日记本，上面贴着你的照片，送给你。我相信你是感动的，也应该是开心的。

我总是记得初秋的一个晚上，我们去体育场玩，夜晚的风微凉，一阵风吹来，我告诉你我很冷。然后你牵了我的手，问我还冷吗。我竟是和电视剧里的人一样，回答说："不冷了"。那是我们第一次牵手，我的心汹涌澎湃，感觉自己幸福得都快融化了。我以为牵了手我们就是在一起了。可是你依然没有给我肯定的答复。

高考之前，我打电话给你，又一次表白，你又一次拒绝了。自作自受，你的答案让我的心思完全没有在学习上，哪怕那时我们约定好，要一起考到同一个城市。

我一直都是一个外表乖巧，其实很叛逆的女孩子。抽烟、喝酒和一群所谓的兄弟荒废着青春。你知道我的情况，你知道我抽烟，我也告诉过你要为了你戒烟。终是没有做到。

那时候的她依然是我最好的闺蜜，她宠着我，经常买零食给我吃，她也是唯一一个会花钱给我买烟的人。我们依然有说不完的话，讲不完的故事，只是我的话依旧三句不离你。而她和你变成了见面会打招呼的人，估计没有那么讨厌你了，因为习惯了。

高考结束那晚，我再一次写了一封表白信给你。那晚的夜光很美，我们坐在湖边的椅子上。我喝了点酒。你当着我的面看了表白信，你终于松口告诉我"我喜欢你"。听到这句话的时候，我的眼泪瞬间就流下来了，说了一句"你让我等得好辛苦"。我靠着你总觉得这是在做梦，那是那么多年来我最幸福的一个晚上。

我以为有了你的这句话我们就能够走在一起，我就能够名正言顺地出现在你身边了。然而，那一切都只是我以为而已，你终是拒绝了我。而你的答案竟是说，你妈妈不希望你大学谈恋爱，你要好好读书，你本硕连读要七年。我在电话告诉你："我等你，反正这么多年都等过来了，我不在乎再等七年，只要最终能和你在一起，不要说是七年了，哪怕是十年我也愿意等"。而你听完之后就挂电话了。后来我的电话你不怎么接了。

3. 痴人说梦，不肯清醒

等到你的答案之后，我用一个月的时间明白了自己想要的是什么。所以我选择了复读，而你去了大学。

那年她和我一样选择复读，我们依旧会欢声笑语，我依然和她分享所有，也告诉过她，我认定了你就是我要找的那个人。

那年我开始抄写佛经，在早自习读经，除了《心经》之外也听《大悲咒》，我同学都觉得我是变态。那一年，我奶奶过世了，她走后很长一段日子我都心如止水，只想着改变。我厌烦了曾经的我，我迫切渴望出去看看外面的世界，我开始格外渴望大学生活。所以我逼迫自己安静下来，不再发疯地想你。

那时我断断续续用电话和你联系，总觉得听听你的声音也是好的。我曾在凌晨十二点缠着你唱歌给我听，你给我唱了几句《你是我的眼》。我把你的照片打印出来，过塑，然后夹在我的笔记本里，每天都拿出来看。那年我开始认真读书，我戒烟了，我也开始运动了。

除此之外我和你的弟弟联系，也经常缠着他，听听他和你的故事。那年你的生日，我带着你弟弟跑遍大街小巷，给你买了一套衣服，寄到你的学校给你。

那年打球我认识了他，他是一个腼腆的小男孩。你不在的日子里，我和他经常绕着操场的跑道散步，然后和他讲述着你我之间的故事。他感叹于我是一个和别人不一样的女子。

高考前，我又作死，又打电话找你要答案。一年了，你的答案依然没有改变。我哭了一次又一次，然后我喝醉了，回去之后狂吐，因为水池旁的脏渍没有洗干净被我妈发现了，劈头盖脸一顿狂骂。那是一种绝望，觉得自己再怎么努力也改变不了的绝望。

第二年高考，我又考砸了。也是在高考完的那晚，和去年不一样的是我和别人在一起了。那个陪我走了一年跑道，陪我打了无数场羽毛球，听了一遍又一遍我们故事的男孩子。

而后的暑假里，我在你们面前恩爱有加。暑假我的那个生日我记得一清二楚，在你们面前表现出来的恩爱似乎是刻意的，好像就是想和你证明没有你，我一样可以很幸福一般。

4.梦终是破碎了

后来的大学生活，不到一个月你和她在一起了，那个听过我讲过N遍你的她，那个知道我所有感情的她。知道这个消息的时候我崩溃了，有一种世界瞬间崩塌的感觉，你们两个人是我的整个青春，我的世界轰然崩塌，我除了哭还是哭。

无数个夜里我把自己灌醉，然后痛哭，哭得歇斯底里。那个时候我喝醉就是打电话，打电话就是哭，和最好的朋友哭，一遍又一遍。整个世界都是黑暗的。

那个晚上我把心中所有的怨恨都骂出来了，整整七年，我追了七年的人。我知道是我自己作死，甚至我知道我没有资格如此。

那时候我的空间出现了对骂的场景，我的闺蜜和你的兄弟骂起来了。那些个觉得我是水性杨花的人，那些个觉得我是表里不一的人，还有那些个看着我，陪着我一起走来的人。

其实别人怎么说我都觉得无所谓，因为他们说的都是事实，原是我不配。后来我发现我会难以忘怀只是因为她的一句话："某某某，你要知道，你从来都没有和他在一起过，从来都没有"。是的，从来都没有正式在一起过，这么多年来，我一直都是求而不得。这是事实，最赤裸裸的事实，最让人痛彻心扉的事实，最难人无法反驳的事实。

那些时间，我看着《初恋这件小事》哭了一遍又一遍，因为我不断回忆起这七年来我做过的那些事情。电影的结局是好的，可是我的结局是无能为力的。爱了一个不爱你的人，即使卑微到尘埃里也无法让他爱你。

再次见面，你穿着我给你买的那套衣服。我和你说最近我看到一个混血儿很帅。我故意放肆地笑，可是怎么笑都笑不自然，听起来都是格外刺耳的。

我们聊着大学的生活，却对她和你们的感情闭口不提。这似乎是你我的默契。而在你面前我就是那么肤浅的一个人，眼里只剩下那些个男人。不知道你可曾看过《七月与安生》这部电影，我在安生中看到了自己的影子。

曾经你用QQ问我，"你说你喜欢鸣人，喜欢田维的《花田半亩》，难道他们就是教会你怎么去憎恨的吗"？大学的时候，我告诉自己，要用四年的时光忘记这段过去，忘记你们。

大学期间，因为这件事我每次喝醉都会哭诉。在那些个看不到希望的日子，我经常翘课，躺在床上不愿动弹，夜里就是醉生梦死。也是在那个时候，我因为心善又太蠢被别人骗钱了，第二次被骗钱，舍友拦都拦不住。那学期的考试我都是裸考，随之各种挂科。

5，梦醒时分

后来的一天，我把自己的微信签名改为"做最好的自己，才能遇到最好的别人"。我开始想改变的时候遇到了我人生中的贵人，我的老师们。

也是那时我有了宗教信仰，我信道，道法自然，我相信宇宙自然规律。我进入了道场，学习修自己的道，学着让自己的心安定下来。那时我也开始接触外面的世界，和不同的人一起做各种各样的公益。他们带我走出了深陷的泥潭，我在公益项目中找到了自己存在的价值。

我觉得我最大的优点，也是最大的缺点就是总是认真而较劲，我一直觉得在其位，谋其政。所以和别人在一起的日子，我一直都是认真对别人好的。

一直以来都喜欢从一而终的感觉，怎奈生活不曾给我这个机会。我像《七月与安生》里的安生一般，一路都是跌跌撞撞的。

6，雨过天晴，遇到真爱

大学毕业后，我认识了我现在的老公。从遇到他的那一刻开始，我的生活就发生了改变，他像是来解救我的天使一般。在他面前我从不曾伪装过什么。我和他讲过你，讲过初恋，所有一切不曾有过隐瞒。只是他从来都不会主动问我，我愿意讲就讲，不讲他就不问。在他面前我格外轻松，因为我只要做好我自己就可以，不需要伪装，不需要小心翼翼。

在我一无所有的时候他把我当成了宝贝，他让我知道我是值得被爱的。为了我，他不顾我身边所有人的反对，和我一起坚持到底。最终我的父母妥协了。我们领证的时候没有嫁妆，没有聘礼，没有房子，没有钱，只有一份爱情和一对订婚戒指，完完全全的裸婚。

但是从认识他到现在，四年了，他对我事事上心，事无巨细地照顾我。他就像太阳一样，时时刻刻温暖着我，融化我的心，让我成为一个懂得如何爱人并且被人爱着的人。他让我明白了一句话"斯人若彩虹，遇见方知有"。

对于我现在的生活我始终充满感恩，一切都已成为定数，不会再改变了。"珍惜眼前人"这五个字我时时刻刻提醒自己。但隔三岔五的夜梦故人也是真的，所以我总想找个机会好好说句"过去再见"。

今年五一闺蜜结婚，原本想借此机会好好敞开心扉和你聊聊，毕竟解铃还须系铃人，这个心结终是得解。怎奈，没有机会。不知道你是真的忙，还是不愿见我，或者是不懂怎样面对我。

7，好好说再见

你我她已是多年未见，时间久到我现在做梦，梦里你俩都只是个模糊的影像，我看不清你们的脸。我的梦，关于你始终是没在一起的遗憾。正如你曾经说过的，也许我们真在一起可能也会因为不合适很快就分开的。

对于她，就是深深的无奈和惋惜，因为整个青春年岁里她是对我最好的人，她比你对我好，而且她的好是无私的。当然，那时的我对你也是无私的，只是有时候求而不得，心态就变得畸形了。好在我完成了自救。

时间太久，久到很多记忆都已经模糊。我记住了大概，这些年来一遍遍回忆，甚至有些弄不清楚那些事情到底是怎样的一个前因后果，只是记得有些荒唐。

写完了，有些冲动想发给你看看，又怕会因此影响你的生活。但还是好想让你知道这些年来,我自我纠结的过程,不知你是否早已忘记。多次想和你说说话,希望不再隔三岔五入梦,不再每次梦醒格外失落难过。

青春再见。不管我们三人以后是否能够再做朋友,我都想祝福你们,毕竟能找到一个自己所爱又爱自己的人是不容易的。既然找到了一定要格外珍惜。

这个故事我终究是个外人,只是曾经参与,接下来的路你们好好走。而我也过好属于我自己的生活,爱着我该爱的人。

对了,曾经和我在一起的小男孩也已经结婚了,他老婆也是个十分爱他的人。

你情我愿才是真正的爱情,求而不得或者委曲求全永远都不是真爱。愿我们这辈子都能活在属于自己的爱情当中,与对的人白头偕老。

讲完了,写完了,放松了,也该放下了。再见青春,再见我爱的你们,再见爱你们的我。愿我就此放下, 不再执着。

以上就是《我想和青春好好说再见》的整篇文章,五六千字,洋洋洒洒,讲述了一个感人的故事,一个女性自我成长的故事。

故事中让她要和青春好好说再见的人是我。当初她和我说起这个故事时泪流满面,我让她把这个故事写下来,然后烧掉。接着用心理学技术带她"回到过去",和当时的人、事、物告别,也带她疗愈那时的自己,最后带着她"穿越未来","遇见"五年后的自己,让未来的她给予现在的她勇气和力量。

做完个案后她持续和我反馈她的变化,并且不断感谢我给了她前进的力量。她告诉我,找我做咨询后的半个月里,她要按照我教她的技术,每天晚上睡前都会回忆一件那时的事情,和那时的自己好好对话,疗愈她的不值得、不配得。疗愈被抛弃的感觉,疗愈求而不得、爱而不得的感受。我和她说："其实给你力量的人不是我，是你自己，你拿回了遗留在过去的力量。当你真正放下了，你遗留在过去的那部分力量自然回归到你的身上。"

最让我开心的是不久之前，那个女孩子告诉我，她和故事中的人物再续前缘，她们仍是闺蜜。当她真的放下的时候，她能够真心祝福那对有缘人，也能够更好地面对自己的伴侣和现今的生活。

可喜可贺，有情人终成眷属，有缘人再续前缘。当你改变了，你的世界也会开始改变。恭喜那个女孩子突破禁锢自己的牢笼，走出来，拥抱更加美好的未来。

你的生命中是否也有未完成事件？如果有，记得去完成它。万事万物都有生命周期，开始、成长、衰败、结束，周而复始，不断循环。

记得和那些过不去的过去好好告别，说句再见。如果实在不懂怎么做，那就写下来，写的过程就是面对和接受的过程，写完之后烧掉它，对过去的人、事、物轻轻说句："对不起，请原谅，谢谢你，我爱你。"然后过好当下的生活。

第五章：梦想之船，扬帆起航

■ 家有小小"学习委员"

我儿子今年五岁，人小鬼大，好奇心强，对万事万物都充满了兴趣。

在我们家，"鸡娃"是不存在的，因为王小宝是个不折不扣的"学霸"，他是我们家的"学习委员"，每天负责布置"作业"、检查"作业"，偶尔还会来场"考试"。

我家先生，学历不高，平日里最讨厌看书，属于沾书就睡的"学渣"。当"学习委员"遇到"学渣"，生活中多了许多电光石火的碰撞场面。

记得有一回他们父子俩在下围棋，两人下得正欢的时候，王小宝突然来了一句"'旧时王谢堂前燕'，爸爸，你知道下一句是什么吗？"我家先生一脸茫然地看着他，然后无奈地摇了摇头。

我忍不住在一旁默默"补刀"，"让你以前不好好读书，这么简单的题目都不会，'旧时王谢堂前燕，飞入寻常百姓家。'"

王小宝听完哈哈大笑，又继续问"前不见古人，后不见来者，后面两句是什么呢？""这个我知道，念天地之悠悠，独怆然而涕下"，看见我家先生兴奋不已的样子，我一时竟无言以对了。

最搞笑的场面要数睡前讲故事的样子。王小宝这个年龄的孩子大多在看"白雪公主""三只小猪"之类的童话故事，但王小宝偏偏与众不同。

爱 的 力 量

王先生和王小宝下围棋

王小宝在厦门外图，席地而坐，看自己喜欢的书

　　他今天拿本亚当·斯密的《国富论》问"爸爸，经济人是什么人？"明天拿本《三国演义》说"爸爸，你给我讲讲火烧赤壁的故事吧？"后天又拿本《揭秘宇宙》问"爸爸，黑洞是什么？会不会把火箭一起吸进去？"

　　面对求知欲爆棚的王小宝，我家先生"叫苦连天"，而我时常忍不住偷笑，一物降一物。"出来混，总是要还的"，学生时代那些没有读过的书，终究是要补回来。

　　每当我偷笑的时候，王小宝就会若无其事地问一句："妈妈，你今天的文章写了吗？"如果我回答没有，他就会赶我去写文章，即使我睡眼惺忪，他也会把我从美梦中叫起来，还美其名曰"今日事今日毕。"

　　家里有个"学习委员"的日子"苦不堪言"。但我们都在"水深火热"中不断进步和成长。我家先生仍不爱看书，但学会了听书，这一两年的时间里，他听了三百多本的书籍，再也不是那个"无知"的父亲了。而我，养成了每日阅读和学习的习惯，对于王小宝的问题，我都可以对答如流。

　　在王小宝这个"学习委员"的监督下，也许我们家有望成为"书香门第"。

2022年8月10日发刊于《滕州日报》

2022年8月20日发刊于《东南早报》

2022年12月发刊于《幼儿教育》杂志

■ 母亲的"朋友圈"

母亲没有上过学，并不识字，但她打小聪明好学，遇到自己感兴趣又不懂的事物时，她都会想办法学习。她年轻的时候做过许多手艺活，每次"学艺"都格外认真，因此很快就学会了。

互联网时代，大家都使用智能手机，这对于不识字的母亲来说是种挑战，但她并没有因此而退缩。给她买了手机之后，她开始探索互联网世界的"新大陆"。

我时常和母亲分开，但每次见面，她都能让我刮目相看。记得有一次我儿子说要做蛋糕吃，我不会做，母亲说："这不难，打开抖音，搜一下做蛋糕的教程就可以了"。

我惊讶地说："妈，你又不会打字，怎么搜索教程？"她说："这不是很简单吗？我直接用语音输入法呀"。我对她竖起了大拇指，这操作，值得点赞。我又问她怎么会用抖音学做蛋糕，她告诉我是隔壁的大学生教她的。那天她真的用电饭煲做了一个很美味的蛋糕，我儿子十分欢喜。

母亲还告诉我，有手机之后的生活变得更方便了。现在出门买东西，只要带着手机就可以，付钱的时候直接扫码支付。而且她在我们家的茶叶店里，也贴上了她和我父亲的微信和支付宝的收款码。

晚上我和儿子在看电视时，随手打开朋友圈，竟然刷到母亲连续发了好几条的朋友圈，有和朋友出去游玩的记录，有王小宝游泳过程的抓拍，还有她所做美食的分享。从照片到文字，再到视频，内容十分丰富。

我觉得难以置信，这才多久，她就学会发朋友圈了？我赶紧发视频问她："妈，你又跟谁学会发朋友圈了？"

母亲说："找身边的朋友一遍遍学的呗。而且你爸在教我'读书'，我现在已经认识很多字了。""读书？"我一脸疑惑地看着她。

她暗自发笑，然后迅速从桌下掏出一本"武功秘籍"——小学一年级的语文课本。我瞬间目瞪口呆，而后，一股敬佩之情油然而生。

后来的日子里，我时常看见母亲戴着老花镜，手里拿着语文书，嘴里不断重复某个字词。她每天学一个字，忘了就问父亲。她除了学字之外，还学习拼音。目前，26个字母她都已经学会了。原来是历经过无数个"寒窗苦读"的日子，这才有了她朋友圈精彩的内容。

前两天，我无意间听到母亲和朋友聊天，她说我们常年在外工作，回家的次数屈指可数。平日里我们工作繁忙，她不敢轻易打扰，唯有通过朋友圈了解我们的生活。而她也想通过朋友圈告诉我们，她和我爸在家一切安好，让我们不必挂念。

听完她们的对话之后，我泪目了，"谁言寸草心，报得三春晖"。为了让我们安心生活，她"日夜苦读"，从目不识丁，到"出手成章"。明白了她的良苦用心之后，我每天都会发朋友圈，记录生活的点滴美好。而她，亦如是。

有这么一个与时俱进又爱学习的母亲，我格外自豪。活到老，学到老，母亲这种终身学习的态度是我们学习的榜样。有妈如此，夫复何求？

2022年7月14日发刊于《中国电视报》

2022年10月发刊于《开心老年》杂志

2023年3月16日发刊于《滁州日报》，编辑更名为《为爱学习的母亲》

■ 听海

在海边生活的日子十分惬意，眼看"落霞与孤鹜齐飞，秋水共长天一色"的美景，耳听"惊涛拍岸，卷起千堆雪"的浪涛声，感受"长风破浪会有时，直挂云帆济沧海"的豁达。

我初次见到大海是在 10 岁那年的暑假，当时我和母亲来此地探望亲戚。在山里长大的我不曾见过大海，初次见面，不是用兴奋一词就能够形容的。来到海边，我欢呼雀跃，脱掉鞋子，迫不及待地冲向大海，开始踏浪。

我脚踩着细细绵绵的沙子，在冰爽凉快的海水里又蹦又跳。一会泼洒海水，一会欢喜尖叫，一会安静聆听海浪的"诉说"。那时，一望无际的大海深深地刻在了我的脑海里，阵阵涛声打在了我的心上，一眼万年，我爱上了大海。我告诉母亲："以后我一定要来这里读书，来这里生活。"

童年种下的梦随着时间的推移逐渐长大，我对大海的渴望日益加深。

再次见到大海是高三毕业那年的暑假。那年我高考失利，无缘我所喜爱的大学，离心中的大海越来越远了。绝望中我选择直面自己一直在逃避的一个小手术，而手术的医院正好在这个城市。手术期间我借宿在阿姨家，她家正好靠海边。

人生中的第一次手术，我体会到了刻骨铭心的痛。伤在头部，不敢打太多的麻药。局部麻醉的我躺在手术台上，清楚地听到医生拿手术刀切割头皮时的声音，也能清晰地感受到血液顺流而下。手术过程

这就是住在海边城市的欢乐

爱的力量

长达七八个小时，于我而言，身心疲惫，痛不欲生。

手术过后，麻药效力尽退，头部和脸部肿得无法看清我的模样。手术部位锥心刺骨地疼，我整夜无法入眠。每晚看见母亲熟睡后，我会走到飘窗旁，独自坐在窗台凝望不远处的大海。

深夜的大海显得格外深邃，海浪声却更加清晰。时而疯狂咆哮，时而低声细语，时而婉转悠扬。有一晚遇到了狂风暴雨，大海就像失控的孩子，声声嘶鸣，最终声嘶力竭。当时的我也失控了一般，眼泪止不住地往外流，好似我和大海一样，面对生活的狂风暴雨，无力又绝望。

伴随着惊涛骇浪，耳机里传来张惠妹《听海》的歌声，"听，海哭的声音。叹息着谁又被伤了心，却还不肯清醒……"

第二天清晨，一切都已恢复，风平浪静。阳光洒在海面上，波光粼粼，分外美丽。偶尔一股风带来了浪花一朵朵，那时我听到了海浪的嬉笑声。而我的内心也随着大海一起变得豁然开朗。

那个暑假，我备受煎熬，痛苦的日子里是大海陪我度过的，我在海浪声中被治愈了。暑假过完，我选择了复读。隔年高考，我考上了大学，来到了这座城市，圆了小时候的梦，开启了在海边的生活。

今年是我来此生活的第十年，我仍会隔三岔五往海边跑。不同的是，现在我会带着我儿子或者是全家人一起来海边玩耍。儿子喜欢挖沙、捡贝壳和踏浪，而我依然喜欢坐在海边，静静聆听大海"讲述"属于它们的故事。

2022年8月12日发刊于《联合日报》

2022年8月26日发刊于《中国水运报》

■ 中秋，夜"访"苏轼

中秋月圆夜，我又想起了的"好友"苏轼。不知今年的中秋夜，他是否如愿以偿，实现与子由共度佳节的愿望。数百年前的今夜，他独自饱受思弟之苦，所以把"但愿人长久，千里共婵娟"的美好祝愿留在了人世间。

我和大多数人一样，都深爱着苏轼，爱他的才情，爱他的豁达，爱他的幽默与可爱。我亦羡慕他年少时有严父慈母，壮年时有知心爱人，老年时有传家好儿，整个人生旅途还有一个患难相伴，休戚与共的弟弟。

"青天有月来几时，我欲停杯一问之。人攀明月不可得，月行却与人相随。"今晚的秋月格外明亮，好似近在头顶，触手可及。明月当空，我对苏轼的思念益发浓烈。思来想去，我终究放不下夜下独酌的他，所以乘着时光机来到了那时的密州。

彼时的苏轼没有"酒酣胸胆尚开张，鬓微霜，又何妨"的洒脱，没有"休对故人思故国，且将新火试新茶。诗酒趁年华"的淡然，只有"人有悲欢离合，月有阴晴圆缺，此事古难全"的感叹。

"露从今夜白，月是故乡明"。他抬头仰望天上的明月，黯然神伤。故乡已遥不可及，他不再奢望。怎奈连子由也是多年未见。在密州的这些年，是他最难过、最沮丧的一段时光，他多么希望今夜子由在身旁，能听他一诉衷肠。好在我"来了"，我默默地陪伴在他身旁。其实，那些他没有说出口的辛酸，我都懂。

密州是典型的穷乡僻壤，只长麻、枣、桑树，在此地的生活与杭州有着天壤之别。

苏轼初到密州时正好碰上灾患频发，先是大雨如注，洪水滔天，接着蝗虫四起，继之连月干旱，田地龟裂。大灾之年，民不聊生，苏轼整日忧心忡忡。

看到百姓受苦受难，他痛心疾首，立马上书，请求救灾，减免税收，而他本人更是大小事务都亲力亲为。兴修水利，指挥灭蝗，收养弃婴，上山求雨……哪里有灾情，哪里就有他忙碌的身影。

经过苏轼的大力整治，密州总算百废俱兴，政通人和，百姓得以安居乐业。

在苏轼最为艰难的岁月里，他却写出了最好的诗歌。在密州时，他写出了豪迈的《江城子·密州出猎》，吟出了超然的《望江南》，留下了千古绝唱《水调歌头》……苦难在他的诗词中不断开花结果。好诗无腿走千里，这些经典穿越历史长河，流传千古。

回首往事，苏轼仍是思绪万千。好在不管过程如何不易，而今的密州已然风调雨顺，五谷丰登，官民康乐。

"起舞弄清影，何似在人间。"天上没有宠辱得失，没有尔虞我诈，没有宦海沉浮，却有朗朗明月，有琼楼玉宇，若能久居于此该有多么惬意呢？但这终究是可望不可即的美梦，是梦终会清醒。

月有阴晴圆缺是常理，人有悲欢离合是常态，只要用心生活，天上有月，人间有情，也没啥好遗憾的。

皓月当空下的今夜，有超然台，有诗文，有美酒佳肴，唯一美中不足的是子由不在身侧。可若没有这份牵挂，又哪来的千古佳作永流传呢？

2022年11月发刊于《钱塘江文化》杂志

2022年11月发刊于《青年文学家》杂志，编辑改名为《中秋夜，"访"苏轼》

■ 深夜一角

"陌生的房子，陌生的地址，收留了疲惫的人，和他的心事。出走和归来，总一个样子，留在这里，不与人知……"一首《深夜一角》把我的思绪拉回了五年前，那时的我们生活在城市的角落里，默默无闻，不为人知。

那年我们住在厦门八市的城中村。房子是典型的"老破小"，一共五层，木质结构，走起路来咯吱直响，还到处掉粉尘。那是我家先生的员工宿舍，条件简陋，环境脏乱差，蚊虫随处可见。我们住在二楼，楼道拥挤，住了十来户人家。房间隔音效果差，随时可以听见邻居吵架，孩子哭闹的声音。楼下是市场的鱼摊，道路上永远都布满了腥臭的水渍。鱼摊主人还饲养了一条小狗，我每晚回家都会被它的叫声惊吓到。

当时过得艰难，但日常点滴却很温暖。我家先生是个用心生活的人。在我们的小房间里，他贴满了蓝天白云的墙纸，既美化环境，又挡住了楼上随时掉落的尘土。家里摆了一束我喜欢的干花，一米二的床上铺着我最喜欢的床单被罩。床小，无法自由翻身，所以每晚都是相拥而眠。

我家先生是个厨师，在八市附近上班，他的工作时间较长，每日都是凌晨一两点才下班。每逢周末，我都会去他的店里等他下班。待他下班后，我俩才手牵手走路回家。凌晨的路上空无一人，没有了白天的喧嚣，月光静谧地洒在柏油路上。有时地上会有些小水坑，反射出了宝石般的光芒。

夜晚的空气中充满了自由的气息，没有生活的压力，没有繁重的工作，只有清风与明月，我们身处其中，放松又美好。很多时候我都会忍不住心中的喜悦，在风中奔跑，而我家先生就会看着我傻笑。偌大的城市里，我们这般的小人物，在深夜的街角边也有着属于自己的小幸福。

凌晨附近街角的小摊散发出些许灯光，那缕微光照亮了许多和我们一样晚归之人的道路。我们偶尔会坐下来吃顿宵夜。那时的经济能力有限，只能点一两样素菜，有时也会奢侈一回，再来两瓶啤酒，然后你一言，我一语，断断续续地聊着天。

有时我们也会和老板聊上几句，他和我们一样，住在八市里，晚上八点出摊，凌晨两三点才收摊。在这附近，类似的小摊颇多，他们都是生活里的"逆行者"，在夜深人静的时刻，用简单的食物温暖着疲惫的人们。

两年后，通过努力，在父母和亲戚朋友的支持下，我们在当地买了房子，搬离了八市，之后就很少再回去那里。但我仍会时常想起那些随风奔跑的深夜，也会怀念那里的人和事，在那生活的一切，我一直都记得。

对我而言，无论是生活在逼仄且脏乱的环境中，还是在那些看起来黯淡无光的日子里，我家先生都是深夜一角的那盏灯，指引我前行。

每座城市都有无数和我们一样在深夜出入的人们，他们都在默默地努力着，用力地生活着。虽然生活有时也会像难熬的冬夜，寒冷又黑暗，但无论如何，深夜的一角总有无数盏微弱的灯光，照亮晚归的道路。黎明和春天终将会到来，那些不为人知的人们也会在阳光下行走，也会被家人的爱包围着，既温暖又温馨。

2022 年 11 月 13 日发刊于《泉州晚报》

■ 消愁

秋意浓，愁绪现。年少之时不知愁滋味，总爱为赋新词强说愁。而今，人至中年，整日徘徊于家庭与工作之间，像个陀螺，忙忙碌碌，浑浑噩噩，尝遍了生活的酸甜苦辣咸。夜半时分，脑海里仍是生活的账单，久久无法入眠。不禁感叹，"这次第，怎一个愁字了得！"

在这个夜不能寐，辗转反侧的夜里，我蓦然回首，潸然泪下。曾经的我也是意气风发，总有一股"欲与天公试比高"的冲劲，想靠自己闯天下。而在现实生活中，我也确实辉煌过。

那时大学刚毕业，我入职一家世界 500 强的公司，从最底层的销售开始做起，一步一个脚印向前走。我像个孤勇者一般，独自在异乡闯荡，凭借着一腔热血和十分努力在大城市扎根。

初入职场，我干劲满满，一天能见十来个客户。每晚都自觉加班，学习专业知识。那阵日子，夜班车常与我相伴。就这样，不到三年的时间，我成了公司里的资深销售和高级讲师。我的收入也随之增加，工资最高时曾月入十来万。一时之间，众星捧月，我成了人之骄子，周遭充满了鲜花和掌声。

在我最辉煌的时刻，我选择了结婚生子，还咬牙买了属于自己的房子。我原是计划着，等完成这三件人生大事之后，我便能继续好好工作，实现更高的自我价值。

可现实并非如此，结婚生子之后，我的生活偏离了理想中的轨道。由于家人无法帮忙带娃，我凡事得亲力亲为。我渐渐觉得精力不够，

爱的力量

怀孕阶段的我（摄影师：木头）

无法在家庭与工作中平衡。

不久之后，我成了职场边缘化的人，而我的收入也出现了断崖式下降。随之而来的情况更是打乱了我的阵脚，这让原本并不富裕的家庭雪上加霜。

面临高额的房贷，我时常焦虑不安。母亲的身份是种幸福，但也是生活的枷锁。我曾不断标榜自己是事业型女性，而今，我在贤妻良母与自我价值中举步维艰。不知从何时起，我被困在了家庭之中，困在了母亲的角色里。

我不愿向生活妥协，不愿在鸡毛蒜皮中迷失自我，更不愿把"母亲"这个称呼变成一个自我牺牲的角色。我仍想要诗和远方，我依旧想靠自己追求心中的美好，我还想当一个独立的女性。所以我开始进行自我突破，组了一个好习惯养成小组，每天进行运动、阅读和学习的打卡，安排好仅有的时间，坚守手头上这份工作。我用行动来消除满心的哀愁。

生活本就不易，对每个人来说都是如此，只是大家所愁之事不尽相同。"问君能有几多愁，恰似一江春水向东流"是李煜的亡国之愁；"月落乌啼霜满天，江枫渔火对愁眠"是张继的思乡之愁；"抽刀断水水更流，举杯消愁愁更愁"是李白的壮志难酬。相比他们的经历而言，我这点困境又算得了什么呢？

夜深人静时，我拿起生活这杯酒，对自己说："一杯敬朝阳，一杯敬月光。人生苦短，何必事事都念念不忘。"忘记过去，活在当下，开始行动，这就是最好的消愁之法。

2022年11月6日发刊于《临沧日报》

■ 苏东坡"陪我"成长

每当生活遇到困顿之时，我总会看苏东坡，他是我解忧的"良药"，亦是我的"良师益友"。

初识苏东坡是在小学的语文课本里。"横看成岭侧成峰，远近高低各不同。不识庐山真面目，只缘身在此山中。"这首朗朗上口的《题西林壁》就是我对苏东坡的初次印象。当时太小，对他无感，唯一的印象就是这首古诗要求背诵并默写。至于苏轼是谁？只有老师简单地讲解，而我也只记得很多人叫他苏东坡。

相识之后便一直在语文课本里相遇。我对他的了解也随着时间的推移不断加深，但每次相遇都是平淡无奇，偶尔伴随着轻微的"苦痛"，除了背诵与默写，心中不曾起涟漪。

直到我听到了《水调歌头》这首歌，我才算正式认识他。王菲空灵的歌声配上苏轼对弟弟的满腔思念，"人有悲欢离合，月有阴晴圆缺，此事古难全。但愿人长久，千里共婵娟。"这首歌惊艳了我的青春岁月。

"世事一场大梦，人生几度秋凉。"初闻不知曲中意，再听已是曲中人。年少不知愁滋味，自然读不懂苏轼。人到中年，上有老，下有小，中间还有房贷压着满地跑之时，我突然读懂他了。有那么个人生至暗时刻，苏东坡成了我的"救命稻草"。

那三年，在外人眼里我风光无限，结婚、生子、买房，人生的三件大事我一气呵成。可随之而来的便是无边无尽的压力。当时的我刚生完孩子，身心疲惫。一边面临家庭与事业的艰难抉择，一边徘徊在自我价值与经济压力的无可奈何。

我时常焦虑不安，夜不能寐，随之产生了抑郁情绪，更是整夜无法入眠。某个夜深人静的时刻，我拿起了林语堂的《苏东坡传》。我被"眼前"的苏东坡震惊到了，也被他治愈了。

"心似已灰之木，身如不系之舟。问汝平生功绩，黄州惠州儋州。"纵观苏东坡的一生，命途多舛，三次被贬，都是不毛之地，但他都自得其乐。

一贬黄州时，他一笑置之，只管大快朵颐"长江绕郭知鱼美，好竹连山觉笋香"；二贬惠州时，他笑容不改，写下了脍炙人口的"日啖荔枝三百颗，不辞长作岭南人。"三贬儋州时，他春风依旧，和黎民百姓结下鱼水之情"明日东家知祀灶，只鸡斗酒定膰吾。"

他虽然历经坎坷，但是我在他身上看不到任何的沉重感和痛苦感，反而他用自身的经历带给我许多的快乐和欣喜。

从那之后，我隔三岔五都会抄写苏东坡的古诗词。一字一句，一笔一画，我在抄写的过程中自愈了。我偏爱他这种豪放之风。好似和他待久了，我也成了一个乐观开朗的人。

现如今，我有"会挽雕弓如满月，西北望，射天狼"的雄心壮志；亦有"竹杖芒鞋轻胜马，谁怕？一蓑烟雨任平生"的豪爽洒脱；还有"人生如逆旅，我亦是行人"的觉悟。有苏东坡相伴的日子里，苦难也能开出璀璨的生命之花。

2022年8月27日发刊于《劳动午报》

2022年8月27日新浪财经转载

■ 金戈铁马辛弃疾

近日读辛弃疾的诗词，心中感慨万千。透过词句，我看到了归隐不甘，出仕不能，最是纠结时的稼轩居士。身处稻花香中，他一边诉说着丰年，一边铁马冰河频频入梦来。彼时的他并没有看上去那么洒脱，表面上他醉心于山水之间，可事实是，他的心始终记挂着万里河山。

辛弃疾从出生那刻起就背负着收复失地的家族使命。祖父辛赞希望他能像霍去病一样保家卫国，成就一番功业，因此给他取名为"弃疾"。祖父对他寄予厚望，在教育方面都是亲力亲为，既教他读书写字，也教他舞枪弄剑。在辛赞的影响下，他成了一个"文可提笔安天下，武能上马定乾坤"的铁血男儿。

"醉里挑灯看剑，梦回吹角连营。八百里分麾下炙，五十弦翻塞外声。沙场秋点兵"。驰骋战场是刻进辛弃疾骨子里的追求。可惜，他的一生从青葱少年到壮志中年，再到衰老暮年，都没能实现金戈铁马的梦想。在他在临终之时，嘴里喊的还是"杀贼"。

他曾经有过圆梦的希望。年少时，他加入抗金义军，千里追击叛军。归宋后，他一心抗战，主张收复中原，不断献上良策。可现实很残酷，所谓的希望不过是阳光下的泡影，一触就破。因为政见不合，他的仕途注定坎坷，他屡次遭到调任、弹劾和诬陷，最终只能隐居山林，作词抒怀。满腔报效祖国的热血无处挥洒，郁积的情绪都化作了笔下的诗词，一首首千古流传，动人心魄。

辛弃疾的词以豪放为主，与苏轼并称"苏辛"。当辛弃疾变成稼轩居士时，他的心态也变了。宦海浮沉使他憔悴不堪，被迫归隐之后，他的身心得到了解放。这时，他的词少了战场上的厮杀，多了份钟情山水的安逸。"明月别枝惊鹊，清风半夜鸣蝉。稻花香里说丰年，听取蛙声一片。"明月相伴，蝉鸣悦耳，稻香扑鼻，蛙声和曲。此时此刻的他，沉浸在盛夏的美好光景之中。

然而，不是所有生活在桃花源的人，都能做得了陶渊明。起初的日子里，辛弃疾也有"久在樊笼里，复得返自然"的心旷神怡。但时日一长，孤寂索然之感便涌上心头。他的心终究不在此处。他是属于战场的，始终有满腔热血与豪情。因此当朝廷的一纸任命书送到他家门口时，他立即抛下清风明月，再次踏上圆梦的旅途。

镇江在三国时被称为京城，又名京口，是一个具有重要地理位置的地方。当辛弃疾得知这次的目的地是镇江之时，他惊喜万分。一上任，他便开始招兵买马、收集情报、制定军规，全方位开始备战工作。

可是，现实又狠狠地给他泼了一盆冷水。手握兵权的韩侂胄忌惮辛弃疾这颗眼中钉，将他放在镇江，任他自生自灭。一心想要保家卫国的辛弃疾，空有一顶乌纱帽，手中却没有半分的实权。面对不断陷入泥潭的南宋，他忧虑不已，却又无计可施。他唯有用一首《永遇乐·京口北固亭怀古》发出呐喊。想当年，"金戈铁马，气吞万里如虎"；现如今，人人在问："廉颇老矣，尚能饭否？"这是一种壮志难酬的悲凉，也是一种梦想破灭的悲愤。

"僵卧孤村不自哀，尚思为国戍轮台。夜阑卧听风吹雨，铁马冰河入梦来。"辛弃疾的一生，未曾为自己而活过，他是为家国天下而活的。他恋慕战场，用一次次的上书证明"还我山河"的梦想，可他也一回回目睹梦想的破灭。梦想丰腴，现实寒瘦。辛弃疾在梦想与现实中反反复复，来来回回。这是折磨，亦是宿命。

2023年4月12日发刊于《语言文字报》

2023年6月21日发刊于《金浦报》

书　评

■　《终身成长》：你的思维模式，决定你人生的高度

之前看过一部英国纪录片，《富哥哥穷弟弟》，深受震撼。哥哥是亿万富豪，弟弟却是个身无长物，蜗居旧房车的穷人。

出生在同一个家庭的兄弟两人，为何差距如此之大？哥哥一直秉承着"有付出才有回报"的理念，朝着目标，脚踏实地地工作，最终成为社会精英。而弟弟从小就习惯性依靠别人，所以他好吃懒做，不思进取，最终只能居无定所，艰难度日。

心理学家卡罗尔·德韦克在《终身成长》中说："决定人与人之间差异的，不是天赋，而是思维模式。"在生活中，一个人的思维模式，往往决定了他的人生高度。

两种思维模式，成就两种人生

卡罗尔将人类的思维模式分为两种：固定型和成长型。固定型思维的人认为，人的才能是一成不变的。所以他们总是采取消极的态度对待生活，尤其害怕面对失败。而成长型思维的人则认为，人的能力可以通过努力来培养。所以他们会积极面对失败问题，在失败中总结经验，获得成长。

《哈利·波特》的作者 J.K 罗琳的人生也经历过最黑暗的时光。那

时她遭受家暴,婚姻破裂,还被赶出家门。她只能带着六个月大的女儿,住在简陋的毛坯房,靠着政府的救济金艰难度日。

如果她是固定型思维的人,在遭受失败之后,自怨自艾,一蹶不振,那么她一辈子都只能苟延残喘地活着。但她拥有成长型思维。她并没有被失败打倒,在认清现状后,她开始寻求改变。

她先找了份兼职的秘书工作,再考取教师资格证,成为法语老师。并且在这段至暗时刻,她完成了《哈利·波特与魔法石》的手稿。

再后来,《哈利·波特》系列书籍在全球被翻译成了65种语言,各种电影戏剧也相继出现。而罗琳,成了家喻户晓的作家。

作家刘润曾说过:"平庸的人改变结果,优秀的人改变原因,而卓越的人改变思维模式。"思路决定出路,思维决定高度。两种不同的思维模式,决定了两种不同的人生。

你的思维模式,决定你人生的高度

一个人的思维模式,决定了他的人生高度,也决定了他的人生结局。

俞敏洪说"在绝望中找到希望,人生终将辉煌"。他就是一个拥有典型的成长型思维的人。他创办的新东方,曾经是教培行业的龙头老大,他的故事更是被拍成了电影《中国合伙人》。新东方一度风光无限。

直到2021年7月,"双减"政策出台,教培行业不得不退出历史的舞台。新东方股价下跌,市值缩水近8成。他开始大面积关店、遣散和退费,还将近8万套课桌椅捐赠给乡村学校。面对未来,俞敏洪面临了前所未有的压力。

但新东方并没有就此退出历史的舞台,反而开始转型做助农产品的直播带货。"东方甄选"就此登上了历史的新舞台。凭借着文化味和艺术味的解说,东方甄选迅速从直播行业中出圈,火遍全网。就此,俞敏洪打了一场漂亮的翻身仗。

回顾俞敏洪创业的每个阶段，正是因为他具有成长型思维，才能不断突破重围，打造出属于自己的"商业帝国"。思维的高度，决定人生的高度。

如何培养成长型思维

人这一生，都在为自己的思维局限而买单。思维模式不对，工作再努力也是白费。固定型思维模式，总是轻而易举地出现。那我们要如何改变固定型思维，培养成长型思维呢？卡罗尔告诉我们可以采用这4个步骤：

接受

接受我们每个人都拥有一部分固定型思维模式。看见它的存在，接受它。这是很正常的事，既不可耻，也不可怕。因为每个人都有两种思维模式。

观察

当你遭遇失败的时候，观察自己的脑海里是否出现这样的声音："你永远也成不了优秀的人""也许你没有那么大的能力"。

这些否定的声音就是你固定性思维的人格出现了，你需要注意他是在什么时候出现的，并且找到激发他的原因。

命名

你可以给固定型思维模式人格取一个人名。可以叫他小强、小胖或是明明。每当你产生自我怀疑时，他们经常会出现。所以一旦你发现他们出现了，就要提醒自己，不要让他们控制你。

教育

最后一步，你需要和你的固定型思维人格一起踏上成长的旅程。在他出现的时候，你要和他说："是的，我现在还不太擅长做这件事，但是我认为我很清楚自己下一步要做什么。让我们一起试一下吧"。

当我们能够积极面对固定型思维人格，并且邀请他加入我们的成长之中，就能更好地解决生活中的困难。改变很难，但值得如此。

正如稻盛和夫所说："拥有正确的思维方式，比拥有智商、体魄等其他能力更为重要！"确实如此。思维决定行为，行为决定结果。

每个人都有固定型思维人格，这并不可怕，可怕的是故步自封，不愿改变，一辈子都受其所困。余生很长，希望我们能培养出成长型思维模式，打破我们的思维局限，让人生之路越走越远。

2023年3月18日发表于《富兰克林读书俱乐部》公众号

2023年3月18日发表于《中青看点客户端－美文》

2023年3月20日发表于《搜狐新闻客户端》

2023年3月20日发表于《腾讯新闻客户端》

后 记

■ 你的成功，来自无数人的托举

　　我的师父荣姐曾说过："一个人之所以会成功，是因为他的背后有无数人希望他成功。"而《爱的力量》一书就是来源于无数人的托举。在此我要感谢那些在背后默默付出，不断支持我的人。

　　首先我要感谢我的家人，成长之路我一直在追寻自我，所以在人群中总会有些"与众不同"，是他们在不断包容我，照顾我，支持我，让我有机会成为我自己。

　　尤其感谢我家王先生，不管以后我取得多大的成功，我的功勋章上一定有他的一半功劳。我常和别人说："我的幸福生活是从认识我家王先生开始的。"确实如此。在我眼里，他是个有大智慧的人，他不像传统世俗的男性，也没有大男子主义。从我认识他开始，但凡我想要做的事情，他都尊重并支持我，让我可以毫无顾忌，大胆向前走。

　　其次，我要特别感谢香红老师，她让我的作家梦落地了。《爱的力量》从最开始的构思，到最后的终稿，以及后续的宣传，都是在她的帮助下完成的。她是我的良师，也是我的益友，她懂我的文艺心，亦懂我的所求。

　　此外，特别感谢我的师父荣姐和她创建的顺道。顺道的出现是我人生的转折点。在顺道，我找到了自己的天赋热爱，也明确了接下来的发展方向。我会持续践行顺道的价值观，"言行意合、无我利他、厚德载物、大爱慈悲"。作为心理学创富导师，我会用生命影响生命，帮助更多人找到自我，走上自我成长的道路。

当然，我还得感谢为这本书提供写作素材的亲朋好友，以及本书创作过程中帮助我的那些人。他们有些是我的私教学员，有的是和我共同学习的同学，有的是来找我做个案咨询的来访者，也有成长路上助我成长的小伙伴们，还有为这本书提供插图的摄影师朋友们。

最后特别感谢为我出版《爱的力量》的出版社、编辑和默默奉献的工作人员，以及支持我的每一位读者朋友们。

正如牛顿所说："我之所以比别人看得更远，是因为我站在巨人的肩膀上。"《爱的力量》的诞生，正是站在了无数前人的肩膀之上，也希望能为后来者提供些许的启示和帮助。

爱的力量，是世界上最伟大的力量。它可以让我们变得更加强大，更加勇敢，更加善良。希望每一个读者在阅读这本书后，都能够深深感受到爱的力量，并在自己的生活中，用爱去影响更多的人。

因为，你的成功，来自无数人的托举；而你的存在，也会成为他人成功背后的支持者。这就是爱的力量，也是我们共同的力量。